KB147846

머지않아 이별입니다

HODONAKU, OWAKAREDESU
by Amane NAGATSUKI

© 2018 Amane NAGATSUKI
All rights reserved.
Original Japanese edition published by SHOGAKUKAN.
Korean translation rights arranged with SHOGAKUKAN
through JM Contents Agency Co.

이 책의 한국어판 저작권은 JMCA를 통해
저작권자와 독점 계약한 (주)해냄출판사에 있습니다.
저작권법에 의하여 한국 내에서 보호를 받는 저작물이므로 무단전재와 복제를 금합니다.

머지않아 이별입니다

나가쓰키 아마네 장편소설
이선희 옮김

해냄

차례

프롤로그

언니 이름은 미도리(美鳥), 내 이름은 미소라(美空).

이름을 지은 엄마의 센스는 나쁘지 않다.

두 이름을 나란히 놓고 나지막이 중얼거릴 때, 또는 하
얀 종이에 이름을 쓸 때, 내 머릿속에서는 푸르름이 가득
한 한없이 높고 넓은 하늘에서, 새하얀 새가 날갯짓하는
모습이 떠오르곤 한다.

백조처럼 우아한 새는 아니다. 작고 사랑스러운 새다.
유유히 날기보다는 열심히 날갯짓을 하면서, 그럼에도 기
분 좋은 얼굴로 바람을 타고 있다. 그렇게 미소가 배어나

오는 상큼한 이미지가 마음속으로 퍼져나간다.

하지만 언니와 내가 만나는 일은 없었다.

언니는 나와 만나기 전에 멀리 날아가버렸다.

제1화

이별하는 곳

전 세계에서 관광객이 찾아오는 도쿄 스카이트리. 그 바로 옆에 장례식장이 있다는 사실을 아는 사람은 얼마나 될까?

스카이트리의 전망 데크에서 태평양 방면을 향한 뒤, 치바 쪽으로 몸을 약간 돌려 그대로 밑을 내려다보면 제법 큰 4층짜리 건물이 레고 블록의 한 조각처럼 오도카니 놓여 있다. 바로 내가 아르바이트를 하는 반도회관이다.

내 이름은 시미즈 미소라. 장례식장인 반도회관에서 아르바이트하는 대학생이다. 취직을 위해 6개월간 아르바이트를 쉬었는데, 지금 다시 반도회관으로 가고 있다.

높은 가을 하늘은 눈이 시릴 만큼 맑게 펼쳐져 있고, 스카이트리 꼭대기에는 실로 꿰맨 듯 얇은 조개구름이 달라붙어 있다. 작은 비행기가 새하얀 꼬리를 길게 끌고 새파란 하늘을 가로질렀다.

덥지도 춥지도 않은 평온한 오후였다.

오시아게 역을 나와 관광객의 소란스러움에 등을 돌리고 도로를 건넜다. 완만한 언덕길을 내려간 후 잠시 걸어서 6개월 만에 반도회관에 도착했다. 무심코 안도의 한숨이 나오면서 그리움이 솟구쳤다.

4학년 가을에 접어들면 졸업 논문 때문에 가끔 세미나에 얼굴을 내미는 것 말고는 학교에 갈 일이 거의 없다. 다만, 아직 취직이 정해지지 않은 사람은 고독한 싸움에 휘말리게 된다. 나도 그중 한 사람이다.

면접을 보려고 도심에 간 김에 치요다 구에 있는 대학 취업과에 얼굴을 내밀면 공연히 주눅이 들곤 한다. 예전에는 똑같은 정장 차림의 학생들을 많이 볼 수 있었는데, 어느새 정보를 모으기 위해 들른 3학년생이 더 많아졌다. 얼굴을 아는 직원에게 물어보았더니, 요즘은 4학년생보다 3학년생이 더 필사적이라고 한다. 지난주에 부동산 회사의 면접을 두 군데 보았는데, 여기서 떨어지면 이제 지원할 곳도 없다.

매일 조바심에 사로잡혀 매일을 보내고 있는데 어제 점심때 휴대폰이 울렸다.

지원한 회사에서 합격 여부를 알려주려고 전화한 걸까? 그렇게 생각하고 황급히 통화 버튼을 눌렀다. 다음 순간, 전화 상대를 확인하지 않았다는 사실을 깨달았다.

"시미즈 씨 휴대폰인가요?"

네, 라고 대답하면서도 어디서 들은 적이 있는 목소리라고 생각했다.

"반도회관의 아카사카예요."

아르바이트하는 곳에서 제일 친하게 지냈던 아카사카 요코 선배였다. 그녀는 반도회관의 정직원이다.

"앗, 요코 선배가 웬일이에요?"

"미소라, 오랜만이야. 반년이나 감감무소식이라 어떻게 지내나 해서 한번 걸어봤어."

요코 선배라는 걸 알게 된 순간 말투가 친근하게 바뀌었다.

"죄송해요. 그동안 여러모로 바빴거든요."

"이제 슬슬 아르바이트하러 오지 않을래? 내일은 어

때? 추모식부터라도 좋은데."

그 말이 무슨 뜻인지는 지금까지의 경험으로 잘 알고 있다. 지금 당장 일손이 필요하다는 것이다. 사람의 죽음은 예측할 수 없고, 겹칠 때는 몇 건이 겹치는 법이다.

2층과 3층의 빈소와 4층의 일본식 빈소를 합치면 반도회관에서는 한꺼번에 세 건의 장례식을 치를 수 있다. 그 밖에도 절이나 자택 같은 외부 현장도 있다. 그것이 전부 겹쳤을 때는 모든 직원을 끌어모아도 일손이 부족해진다. 6개월이나 쉬었던 나한테까지 전화를 했다는 건 지금이 그런 상황이라는 뜻이다.

그동안 경험을 통해 장례식에 일손이 부족하면 얼마나 힘든지 알고 있기에, 도저히 거절할 수 없었다. 오랜만에 선배의 목소리를 듣고 기쁘기도 했다.

대학 친구는 한동안 만나지 않았고, 면접장에서 만나는 학생들은 어느새 마음을 놓아서는 안 되는 라이벌이라고 인식하게 되었다. 불합격 통지를 계속 받은 탓이다.

마음 편히 이야기를 나눌 수 있는 상대가 나를 필요로 한다……. 그런 사실이 지금의 나에겐 가장 큰 위로가 되었다. 6개월 만에 다시 일할 수 있다. 아무리 바쁘고 힘들더라도 내가 있을 곳이 있다는 사실만으로 마음 깊은 곳에서 안도의 한숨이 새어나왔다.

도로와 마주한 정면 현관 옆에 그날의 장례식을 알려주는 안내판이 있는데, 아직 아무것도 쓰여 있지 않았다.

통유리창의 정면 현관을 지나 주차장 쪽 자동문을 통해 안으로 들어갔다. 출관(出棺)할 때 사용하는 출입구이지만 사무실과 가까워서 직원들은 모두 이곳을 이용한다.

서늘한 공기와 함께 건물에 배어 있는 향냄새가 코끝을 스쳤다. 침향과 백단이 적당히 섞여 있는, 내가 가장 좋아하는 냄새다.

정신없이 바쁘리라고 예상했는데, 내부는 섬뜩할 만큼 조용했다. 나는 고개를 갸웃거리면서 사무실 문을 열었다. 사무실에도 사람의 그림자가 보이지 않고 작은 소리도 나지 않았다.

나는 어깨에 들어갔던 힘을 빼고 쭈뼛쭈뼛 안으로 들어갔다.

"미소라, 얼마나 기다린 줄 알아?"

별안간 밝은 목소리가 울려 퍼졌다.

커튼으로 가려놓은 비품용 공간에서 얼굴을 내민 사람은 어제 전화를 걸어온 상대이자 나보다 몇 살 위의 요코 선배였다. 고개를 숙이며 가까이 다가갔더니 갑자기 꼭 껴안아주었다.

사무실에는 선배밖에 없었지만 한 사람이라도 열렬히 환영해준다면 그보다 기쁜 일은 없다.

"선배, 오랜만이에요."

당황함과 쑥스러움을 감추며 쓴웃음을 지었더니 요코 선배는 그 자세로 나를 올려다보며 환하게 웃었다.

"아르바이트하러 온 걸 보니 취직이 정해졌나 보구나?"

나는 어정쩡한 웃음으로 얼버무렸다.

"그보다 왜 이렇게 조용해요? 저한테까지 전화한 걸 보면 오늘은 바쁠 거라고 생각했는데요."

평소 같으면 당일 추모식 담당자 말고도 검은색 정장 차림의 남자가 몇 명 대기한다. 그렇지 않더라도 추모식이 시작되기 전에는 사람들이 정신없이 드나들곤 한다.

"다들 외부 현장에 나갔어. 이런 위기 상황에 와주다니, 역시 미소라는 의리가 있다니까."

계속 날 껴안고 있었던 건 결코 놓치지 않겠다는 의지의 표현이었던가?

애초에 여기서 아르바이트를 하게 된 이유도 일손이 부족해서였다. 반도회관 사장님은 우리 아빠의 고등학교

동창이자 친한 낚시 친구이다.

대학교 1학년 때였다. 아침 일찍 보소 지역으로 낚시하러 갔던 아빠가 집에 오자마자 장례식장 아르바이트에 관심이 있느냐고 물었다.

반도 사장님과 나란히 낚싯줄을 드리우고 있을 때, 장례식장은 사람을 구하려고 해도 잘 구해지지 않고, 막상 일이 닥치면 직원이 부족해 골치가 아프다는 이야기를 귀가 따갑게 들었다고 하면서.

마침 대학에 들어간 지 6개월이 지나서, 이제 슬슬 아르바이트라도 해볼까 하던 참이었다. 본가에서 학교에 다니는 나는 부모님 곁을 떠나 혼자 생활하는 친구들에 비해 돈에 쪼들리지 않아서, 그동안 아르바이트를 하지 않았던 것이다.

장례식장이 어떤 곳인지는 알지만, 어떤 일을 하는지는 잘 알지 못했다. 외할머니와 외할아버지, 그리고 같이 살았던 친할아버지가 돌아가신 건 아직 어릴 때로, 장례식에 참석한 기억이 나지 않는다.

어떤 일을 하는지 구체적인 내용은 듣지 못했는지, 아빠가 무책임하게 말했다.

"그냥 가만히 서 있으면 되지 않을까?"

며칠 전에 이웃집 할아버지의 추모식에 참석했던 엄마가 쓴웃음을 지으며 말했다.

"추모식이 끝나면 식사를 하잖아? 그런 곳에서 일하는 걸지도 몰라."

의외로 할머니가 적극적으로 권했다.

"예의를 지켜야 하는 곳이라서 예의범절이 몸에 밸 게야. 평소에 하지 않는 일을 할 수 있으니까 좋은 경험이 되지 않겠니?"

어느새 가족회의처럼 변한 건 우리 집에서는 익숙한 광경이다. 할머니 말에 엄마가 맞장구를 쳤다.

"그건 그렇겠네요. 요즘 장례식장은 밝고 깨끗한 데다 반도 사장님이 하는 곳이니까 걱정할 필요도 없고요."

"하지만 무섭지 않을까요? 시체가 옆에 있잖아요?"

지금은 '고인'이라는 말을 사용하지만 그때는 별생각 없이 그렇게 말했다.

"주변에 사람들이 많으니까 괜찮을 거야." 아빠는 또 무책임하게 말하고는 문득 생각난 것처럼 덧붙였다. "아르바이트 대학생도 몇 명 있다고 하더구나. 여직원이나 여자 아르바이트생이 많다는 점도 부모로서는 안심이고. 더구나 시급이 1,300엔이래! 아르바이트생은 추모식에만 배치하는데, 수입이 꽤 괜찮다고 반도가 그러더구나."

가장 중요한 정보를 맨 마지막에 듣고 나는 큰 소리로 되물었다.

"1,300엔요?"

그 일이 학생에게 고액 아르바이트라는 건 금방 알 수 있었다. 발 디딜 틈도 없이 손님들로 북적거리는 술집 체인점의 심야 시급 정도다.

둔한 면이 있는 데다 화려한 곳을 싫어하는 내가 한밤중까지 시끄러운 곳에서 일할 수 있을 리 만무하고, 스카이트리가 있는 상업 건물의 고급 레스토랑도 나와는 거리가 멀었다. 한마디로 말해 그런 곳에서 일할 용기가 나지 않았다. 가족들과 편안히 있을 수 있는 집과 편도 30분 걸리는 대학이 내 세계의 전부였던 것이다.

아무리 장례식장이라도 아빠 친구가 하는 곳이 좋다. 집에서도 멀지 않고 1,300엔이라는 시급도 매력적이었다. 하지만 달콤한 생각은 너무도 간단히 뒤집어졌다. 가만히 서 있으면 된다는 건 당치도 않은 착각이었다. 추모식이 끝난 후의 식사 자리는 전쟁터나 마찬가지였던 것이다.

하필 계절은 1년 중에 장례식장이 가장 바쁜 시기인 한겨울이었다. 매일 2, 3, 4층의 빈소가 모두 채워지는 상태로, 아무것도 모르는 첫날부터 너무 힘들어 울고 싶었던 기억이 있다.

　형식적으로 음식을 약간 입에 대고 돌아간 조문객 자리를 곧바로 정리하고 새 컵과 앞접시를 놓은 뒤, 분향을 마친 새로운 조문객을 식사 자리로 안내한다. 맥주가 부족하다고 하면 곧장 냉장고로 달려가야 하고, 서서 드시는 일반 조문객이 돌아가면 테이블을 깨끗이 치우고 다시 음식과 개인용 앞접시를 늘어놓은 뒤 상주와 친척을 위한 자리를 마련해야 한다. 잠시도 숨 돌릴 틈이 없고, 모르는 것이 있어도 물을 시간이 없었다.

　바쁜 상황에 휩쓸리는 사이에 매번 비슷하면서도 규모와 종교, 종파가 각각 다른 장례식이 재미있어서 결국 계속하게 되었다. 더구나 후배를 잘 챙겨주는 요코 선배를 만난 덕분에 어느새 반도회관은 마음 편한 곳이 되었다.

　요코 선배는 유니폼으로 갈아입은 나를 데리고 계단을 올라갔다. 2층 빈소는 반도회관에서 가장 넓은 곳이다.

　"오늘은 나랑 같이 여기서 일하자. 그렇게 큰 추모식은 아니지만 오늘은 모두 밖에 나가서 사람이 없거든."

　"어디 갔는데요?"

"오늘은 아사쿠사의 절에서 큰 추모식이 있어서 장례부 담당자도, 생화부 직원들도 모두 그쪽에 갔어. 이쪽은 소수 정예로 극복하는 수밖에 없단 말씀이지."

6개월 만에 복귀한 나를 소수 정예의 한 사람으로 치는 건가? 그렇게 믿어줘서 기쁘기도 하지만 얼마나 힘들까 생각하니 앞이 캄캄해서 나도 모르게 한숨이 나왔다.

"지금도 여전히 일손이 부족하군요."

마음을 추스르고 넓은 빈소를 본 순간, 경악할 수밖에 없었다. 선배 말처럼 너무나 처참했던 것이다.

제단은 정리가 되어 있지만, 추모식이 시작되기 두 시간 전인데도 수레에 실린 의자와 파티션으로 가려진 식사용 접이식 테이블이 그대로 놓여 있었다. 일찍 오는 친척이라면 이제 곧 도착할 시간이었다.

선배가 팔을 걷어붙이고 황급히 옆으로 다가와 목소리를 낮추었다.

"미소라, 빨리 의자를 늘어놓자. 더구나 4층에도 갑자기 추모식이 들어왔어. 하필 이렇게 바쁜 날에 말이야."

"갑자기요?"

"그래, 어젯밤에 갑자기. 아무도 몰래 빨리 하고 싶다나 봐. 무슨 사연이 있겠지."

"정보통인 선배가 모르는 것도 있어요?"

의자를 높이 쌓아 올린 수레는 선배와 둘이 밀지 않으면 움직이지 않을 만큼 무거웠다.

"4층 담당자가 그 사람이거든. 워낙 입이 무거워서 아무 말도 못 들었어."

"그 사람요?"

선배는 수레 뒤에서 얼굴을 살짝 내밀고 계단을 보면서 턱짓을 했다. 처음 보는 젊은 남자가 계단을 뛰어 내려오는 참이었다. 호리호리한 체격에 검은색 정장 차림이다. 급한 일이라도 있는지 눈 깜짝할 사이에 시야에서 사라졌다.

"누구예요?"

"우루시바라 씨야, 처음 봤어?"

제법 큰 장례식장인 반도회관에는 장례 디렉터가 몇 명 있고, 가끔 외부 장례 디렉터에게 빈소를 대여해주는 경우도 있다. 모르는 장례 디렉터가 있어도 이상할 게 없다.

"담당자가 우루시바라 씨에다 갑자기 정해진 장례식은 백발백중 사고나 사건으로 사망한 경우거든. 시신 상태가 엉망인 경우도 있고."

선배가 섬뜩한 말을 했다.

"그런 장례식만 하는 전문가가 따로 있어요?"

"그런 장례식만 하는 전문가는 아니지만……." 선배는 잠시 생각하고 나서 덧붙였다. "역시 전문가라고 할 수 있 겠네. 아무튼 아무도 모르게 하는 장례식인 데다 4층에 는 홀 스태프가 한 명도 없어서 무슨 일이 있으면 그쪽도 도와줘야 해. 오늘 같은 날은 몸이 몇 개 있었으면 좋겠어."

"힘들 때 돌아왔네요."

"넌 나에게 구원의 여신이야. 반도회관의 구세주지."

"또 오버하시네요……."

"오버가 아니라 운명이라니까."

"운명은 무슨……."

절박한 상황에 대한 조바심을 누르려고 시시한 농담을 하면서 의자를 늘어놓고 있을 때, 엘리베이터 문이 열리 고 상주가 도착했다. 이런 때는 왜 항상 일찍 오는 걸까 하고 선배와 얼굴을 마주 보았다. 결국 선배는 상주를 맞 이하러 가고 나 혼자 힘쓰는 일을 하게 되었다.

운명이라…….

어제 전화를 받았을 때, 잠시도 망설이지 않고 일하러 오기로 마음먹은 건 사실이다. 구직 활동이 벽에 부딪히 면서 기력을 잃고 몸부림치며 괴로워했을 때, 선배가 구 원의 손길을 내밀어주었으니까.

그러고 보니 내 의지로 뭔가 하고 싶다고 생각한 건 언제가 마지막이었을까? 지금은 타성으로 계속해온 구직 활동을 하기보다 뭔가에 정신없이 빠지고 싶은 심정이었다. 바쁘면 바쁠수록 오히려 고맙다. 잊고 있던 정열이 되살아나면서 돌연 투지가 솟구쳤다.

가까스로 의자를 늘어놓고 빈소를 깨끗하게 청소했을 무렵, 상주와 유족에게 대강 설명을 마치고 요코 선배가 돌아왔다. 녹초가 된 나와 달리 상큼한 얼굴이었다.

"절묘한 타이밍에 상주님이 오셨지 뭐야? 미소라, 수고 많았어."

태연하게 말하는 선배를 보고는 쓸쓸하게 웃는 수밖에 없었다. 그래도 미안하다고 생각했는지, 일반 조문객이 올 때까지 잠시 쉬라고 말해주었다.

사무실에서 차라도 마실까 싶어 계단을 내려왔을 때, 조금 전의 남자가 눈에 들어왔다. 우루시바라 씨라고 했던가? 마침 스님을 맞이하러 나왔는지, 주차장 자동문을 통해 스님과 함께 로비로 들어오는 참이었다.

처음에 보았던 느낌대로 40~50대의 베테랑이 많은 반도회관의 장례 디렉터 중에서는 상당히 젊어 보였다. 키가 크고 자세가 좋아서 검은색 정장 차림이 잘 어울렸다.

옆에 있는 스님도 그와 비슷한 나이대로 보였다. 젊은 스님은 처음 봐서, 나도 모르게 신기한 눈길로 빤히 쳐다보았다. 스님은 어느 정도 나이가 있어야 관록이 생기니, 엄숙한 장례식에 더 어울릴 것 같은데. 무의식중에 무례한 생각을 한 건 여기에서 위엄 있는 스님을 많이 본 탓이다.

더구나 기묘한 일이 있었다. 스님은 보통 추모식이나 고별식에서 입을 가사가 든 커다란 가방을 가져온다. 일반적인 경우에는 맞이하는 장례 디렉터가 들어주는 법인데, 지금은 스님이 직접 들고 우루시바라 씨는 빈손이었다.

두 사람이 가까이 다가와서, 나는 서둘러 걸음을 멈추고 고개를 숙였다.

우루시바라 씨의 가죽 구두가 재빨리 눈앞을 지나갔다. 빠릿빠릿한 걸음걸이였다. 조금 뒤에 스님의 신발 소리가 이어졌는데 느긋하고 조용한 걸음걸이였다. 생전 처음 보는 두 사람이지만 걸음걸이에 성격이 배어 있는 것 같아서 재미있었다.

그때였다. 스님이 갑자기 내 앞에서 걸음을 멈췄다. 이상해서 '어, 왜 그러지?' 하고 고개를 갸웃거리는 사이에 그가 다시 천천히 걸음을 내디뎠다. 한순간 마주친 스님의 시선에 숨이 막히는 듯했다. 엘리베이터를 타는 두 사람의 뒷모습을 보면서 겨우 긴장을 풀었다.

장례식장 안에서 장례 디렉터와 마주칠 때는 "수고가 많으십니다"라고 말하고, 스님과 마주칠 때는 걸음을 멈추고 고개를 숙이라고 교육을 받았다. 별다른 문제는 없었겠지만, 혹시 빤히 쳐다봐서 기분이 상한 건 아닐까?

추모식이 시작되기 30분 전이었다. 일반 조문객이 도착하면서 주변이 어수선해졌다.

휴식을 마치고 돌아온 요코 선배가 득의양양한 미소를 지으며 다가왔다.

"4층 추모식, 왜 아무도 모르게 하는지 알아냈어."

"누구한테 들으셨어요?"

"그건 비밀이야. 분신자살한 사람이래. 며칠 전에 신문에도 났나 봐. 당연히 이미 유골 상태지."

선배는 내 얼굴에 가까이 대고 목소리를 낮추며 말했다. 얼굴에서는 이미 미소가 사라졌다.

"분신자살……."

온몸에 소름이 돋았다. 고인의 사인을 생각하는 일은 거의 없지만 분신자살은 매우 드문 경우다. 이 세상에 평온한 죽음만 있는 게 아니라는 건 알고 있지만 지금까지

일한 대부분의 장례식은 나이 많은 분의 장례식이었기에
깊이 생각한 적이 없었다.

그런데 이미 유골이 되었다는 말을 듣고 의아한 생각
이 들었다.

"그래도 추모식을 하나요?"

"문제는 남은 사람의 마음이니까."

그런 죽음에도 익숙한지, 선배는 아무렇지 않은 얼굴
로 대답했다.

반도회관에서 오래 일해온 만큼 수많은 죽음을 봐왔
으리라. 나는 아직 그렇게까지 달관하지 못했다. 더구나
자살이라는 말을 들었을 때부터 머릿속에서 경계경보가
울려 퍼졌다.

다른 사람에게 말하는 일은 거의 없지만, 나에겐 한 가
지 능력이 있다. 기(氣)에 민감한 것이다. 다른 사람의 감
정이 성가실 만큼 전해지거나 상대의 온몸에 깃들어 있
는 생각을 느낀다. 살아 있는 사람뿐만 아니라 죽은 사람
의 감정이나 생각도 포함된다. 일반적으로 영감(靈感)이
라고 부르는 것이다.

그로 인해 장례식장에서 아르바이트를 하는 게 불안하
기도 했지만, 좋은 시급을 포기할 수는 없었다. 몇 번 아

르바이트를 하는 사이에 조금만 참으면 된다는 것도 알게 되었다. 단지 영혼이 보이거나 기를 느끼는 것뿐이다. 실제로 문제가 있는 건 아니다.

하지만 자살자의 장례식은 다르다. 원통한 목소리가 귓가에 울려 퍼질 것 같아서 두려웠다. 더구나 분신자살이라면 뜨겁다든지 아프다든지, 비통한 외침까지 들리지 않을까?

미리 알게 되면 선입견에 사로잡힐 수 있다. 만약 '무슨 소리'가 들린다고 해도 깨끗하게 포기하자. 나는 그렇게 마음먹고 4층에 차출되지 않도록 조용히 숨을 죽인 채 일에 집중했다.

2층의 추모식은 순조롭게 진행되었다. 오랜만에 하는 일이라서 가슴속에서는 고마운 마음이 가득했다.

일반 조문객은 식사를 마친 후 대부분 돌아갔고, 친척들만 남아 고인을 떠올리며 술잔을 나누었다. 음식도 모두 나가서, 나와 선배는 그들을 편안하게 해주기 위해 배선실*로 돌아갔다.

_____

* 식당이나 병원 등의 주방에서 식사를 나눠주기 위해 배선대와 식기 선반 등이 설치된 준비실.

그래도 할 일은 산더미처럼 쌓여 있었다. 친척들 자리를 마련하기 위해 황급히 치운 물잔과 식기를 주방으로 가져다 놓아야 한다.

초밥통의 초밥을 비롯하여 큰 접시 위의 조림과 튀김이 남지 않은 걸 보고 가슴이 뿌듯했다. 조문객들이 음식을 거의 남기지 않은 것이다.

반도회관의 주방은 지하에 있다. 음식을 배달시키지 않고, 방금 만든 따뜻한 음식을 제공하는 것도 이곳의 장점 중 하나였다.

더구나 간사이 지역의 요정 출신인 현재 주방장으로 바뀌고 나서는 특히 조림의 평판이 좋았다. 직접 먹어본 적은 없지만, 식사 테이블의 큰 접시에 씌워진 랩을 벗기는 순간 육수 냄새가 화악 풍겨 나와 나도 모르게 침이 고일 정도였다. 음식 위에 장식된 빨간 단풍잎에 손을 내밀고 싶은 유혹과 싸워야 한다는 건 아무에게도 말하지 않은 비밀이다.

배선실의 소형 엘리베이터에 식기류를 싣고 있을 때 내선 전화가 울렸다. 근처에 있던 선배가 전화를 받아 몇 마디 주고받더니, 쓰레기봉투의 입구를 묶고 있던 나에게 미안한 얼굴로 말했다.

"미소라, 미안하지만 4층을 도와주고 올래?"

올 것이 왔다. 왠지 그럴 것 같았다.

"유족들은 모두 집에 가셨다니까 뒷정리만 하면 돼. 그건 우루시바라 씨에게 부탁할 수 없거든."

그렇게까지 말하면 갈 수밖에 없다.

선배의 정보에 따르면 4층에는 초밥과 조림, 튀김이 카트 한 대씩밖에 나가지 않았다고 한다. 금방 끝날 거라고 스스로를 위로하면서 조심스럽게 계단을 올라갔다.

맨 위층인 4층 빈소는 넓은 다다미방으로 되어 있고, 정면에 작은 제단이 놓여 있다. 오늘 밤처럼 조촐한 추모식에 사용하기도 하지만 보통은 제사 때 사용하거나 커다란 추모식이 있을 때는 제단을 감추고 친척들의 휴게실로 사용하기도 한다.

여전히 소란스러운 2층과 달리 4층은 섬뜩할 만큼 조용했다. 다다미방의 장지문이 닫혀 있어서 불이 켜 있는지도 알 수 없었다. 어쩌면 이곳의 담당자인 우루시바라 씨는 이미 사무실로 돌아갔을지도 모른다.

"안녕하세요, 같이 정리하려고 왔습니다. 아무도 안 계신가요?"

조심스럽게 말하고 잠시 기다리고 있자 미끄러지듯 장

지문이 열렸다. 나는 깜짝 놀라서 무의식중에 한 걸음 물러섰다.

"왔어?"

자리에 어울리지 않게 밝은 목소리로 말하며 안에서 얼굴을 내민 사람은 조금 전에 보았던 젊은 스님이었다. 이어서 안의 전등을 가로막듯 서 있는 스님을 밀치고 우루시바라 씨가 모습을 드러냈다. 그는 멍하니 서 있는 나에게 가볍게 고개를 숙였다.

"이 추모식 담당자인 우루시바라입니다. 오라고 해서 미안합니다."

나도 서둘러 고개를 숙였다.

"오늘 밤은 스태프가 적어서 어쩔 수 없이 제가 왔어요. 처음 뵙겠습니다, 시미즈 미소라예요. 6개월 만에 다시 여기서 아르바이트를 하게 되었습니다."

"우루시바라는 빈둥빈둥 밖을 돌아다니는 일이 많으니까 6개월 만에 왔더라도 못 만났을 수 있어."

스님이 대신 대답하자 우루시바라 씨가 날카롭게 노려보았다. 재미있는 두 사람이다. 무표정하고 진지해 보이는 우루시바라 씨와 끊이지 않고 미소를 히죽거리는 스님. 너무나 대조적이다.

"이쪽은 사토미, 오늘 밤 추모식을 맡은 스님입니다."

우루시바라 씨가 너무나 형식적으로 소개했다.

"시미즈 씨, 나도 처음 보지? 고쇼지라는 절에서 온 사토미 도쇼야."

절 이름을 듣고 눈을 크게 떴다.

"고쇼지요? 고토 구에 있는 고쇼지 말인가요? 혹시 사토미 주지스님의 아드님이세요?"

"굉장하군! 어떻게 알았지?"

"여기에 자주 오시거든요. 그러고 보니 다정해 보이는 눈매가 주지스님과 많이 닮았어요."

"우루시바라, 들었어? 다정해 보인대."

만면에 미소를 짓는 사토미 씨를 무시하고, 우루시바라 씨가 내게 시선을 향했다.

"고쇼지가 반도회관과 계약한 건 알고 있나?"

그의 고압적인 분위기에 살짝 주눅이 들었다. 아르바이트하는 여자애라고 생각해서 그러는 건가? 아니, 스님인 사토미 씨에게도 똑같이 대하는 걸 보면 원래 그런 사람인지 모른다.

"그건 몰랐어요. 그래서 사토미 주지스님께서 자주 오셨군요."

"그래. 요즘 같은 현대 사회에, 특히 도시에선 단가*인 집이 많지 않지. 그런 집에서는 막상 이런 일이 벌어졌을 때 어디에 부탁해야 좋을지 모르거든. 그럴 때 반도회관에서는 진언종의 경우 고쇼지를 소개해주고 있어. 대부분은 사토미의 아버님께서 오시고, 다른 장례식과 겹쳤을 때는 형님들이 오시기도 해. 이 녀석은 거의 오지 않고."

"우루시바라, 너무하는 거 아니야?"

"이 녀석에겐 훌륭한 형님이 셋이나 있어. 사토미, 네 차례가 너무 안 와서 괴롭지?"

우루시바라 씨는 그렇게 말하며 히쭉 웃었다.

"우아, 형제가 넷이에요? 형제가 많다니 부러워요."

무의식중에 사토미 씨 편에 서서 말했다.

내가 생각해도 나는 사람이 너무 좋다.

"자꾸 그렇게 말하면 이제 도와주지 않을 거야."

"내가 안 쓰면 널 누가 쓰겠냐?"

그 말을 듣고 사토미 씨의 입에서 신음이 흘러나왔다. 너무나 스님답지 못하다고 할까, 믿음직스럽지 못하다고

---

* 절에 일정 금액을 시주하는 집으로, 절에서는 그 집안의 장례나 제사 등을 지내준다.

할까?

두 사람과의 기묘한 대화 덕분에 자살한 고인에 대한 경계심은 어디론가 날아갔다. 실제로 고인의 가족과 친척들이 돌아가면 재빨리 철수하는 담당자도 많다. 조용한 밤의 장례식장, 그것도 옆에 유골이 있는 상태에서 혼자 정리하는 건 영감이 없는 사람이라도 썩 즐거운 일은 아니다. 지금은 이 두 사람이 남아준 게 무엇보다 고마웠다.

"빨리 끝낼게요."

"부탁할게."

우루시바라 씨는 그렇게 말하고는 사토미 씨를 끌듯이 데리고 나갔다.

로비에는 넓은 창문을 향해 소파가 놓여 있어서, 꼭대기까지는 보이지 않지만 불빛을 받은 스카이트리의 당당한 모습을 볼 수 있었다.

"그럼 시작해볼까?"

마음을 가다듬고 넓은 공간으로 시선을 옮긴 순간, 쓸쓸하게 놓여 있는 상 하나가 눈에 들어왔다. 상에 놓여 있는 앞접시도 많지 않았다. 이쪽의 음식 접시도 기분 좋을 만큼 깨끗하게 비어 있었다. 주방장의 평판이 사실이란 걸 알고 기분이 좋았다.

빈 식기를 볼 때마다 느끼는 건, 산 사람은 어떤 때라도 먹어야 한다는 점이었다. 비록 이런 곳에서라도.

그렇다면…… 이런 때일수록 맛있고 따뜻한 음식을 대접해, 조금이라도 마음의 응어리를 풀어드리고 싶다. 지하에 주방을 설치한 반도 사장님도 그렇게 생각했을까?

신발을 벗고 안으로 들어간 순간, 방바닥의 차가운 냉기가 발바닥을 통해 등뼈까지 타고 올라왔다. 그렇게 되면 이제 틀렸다. 내 마음은 이 공간에 떠도는 희미한 생각까지 느끼려고 하면서 멋대로 의식을 집중하게 된다.

최대한 보지 않으려고 했는데, 시선이 저절로 제단으로 향했다. 요코 선배의 정보는 틀림없어서, 제단에는 시신 대신에 하얀 보자기로 감싼 유골 항아리가 놓여 있었다. 관보다 훨씬 작은 유골 항아리에는 한층 응축된 마음이 담겨 있는 것 같아서 다급히 눈길을 돌렸다.

빨리 정리하고 요코 선배에게 가자고 마음먹으며, 서둘러 작은 접시를 겹쳐 쟁반에 올렸다.

"괜찮아, 무서워할 거 없어."

갑작스러운 목소리를 듣고 깜짝 놀라 손을 멈추었다. 어느새 사토미 씨가 옆에 서 있었다.

그는 빙긋이 미소를 지었다. 겁먹은 내 모습을 보고 위로해주려는 듯했다.

"골장*은 처음이야? 아니면 다른 사람한테 돌아가신 분의 얘기를 들은 거야?"

"죄송해요, 둘 다예요."

나는 솔직하게 말하고 고개를 숙였다.

"우루시바라가 담당하면 다들 이상한 선입관을 가져서 문제라니까!"

그는 일부러 로비에 있는 우루시바라 씨에게 들리도록 큰 소리로 말했다. 그러자 바로 로비에서 불쾌한 목소리가 날아왔다.

"시끄러워! 넌 빨리 집에 가기나 해!"

"상주님이 권하는 대로 술을 마시는 바람에 지금은 가고 싶어도 갈 수 없어. 이게 다 네가 그 자리에 동석하라고 한 탓이야. 책임감을 가지고 집까지 데려다주지 않으면 곤란하지."

사토미 씨는 그렇게 되받아치더니 나를 보고 미소를 지었다. 그런 다음에 다정한 눈으로 제단을 바라보았다.

소박한 제단이다. 영정 사진과 유골 항아리, 그리고 좌

---

*   시신을 미리 화장해서 유골로 장례식을 치르는 일.

우에 하얀 국화 화분이 하나씩 놓여 있을 따름이었다.

"이 사람은 괜찮아."

이 사람, 이란 유골 항아리 안에 있는 분을 말하는 듯했다.

"좀 과격한 방법으로 주변 사람들을 놀라게 해주고 싶었나 봐. 지금 통쾌하다고 웃고 있군."

웃고 있다고? 돌아가신 분이?

나는 의아한 표정으로 물었다.

"그걸 아시는 거예요?"

"그래, 알아."

그는 자신만만하게 고개를 끄덕였다. 그런데 그의 말이 맞았다.

내가 두려워했던 무섭고 처절한 기운은 어디에서도 느낄 수 없었다. 유골 항아리에서는 아무 원한도 느껴지지 않았고 오히려 밝은 기운이 전해졌다.

그렇다면 조금 전의 으스스한 기운은 어디서 온 걸까? 내 착각이었나?

"뭔가 느꼈다면 그건 유족의 마음일 거야."

조용한 목소리가 들려 돌아보니 입구에 우루시바라 씨가 서 있었다.

"가까운 사람이 이런 식으로 세상을 떠나면 남은 가족은 엄청난 고통에 휩싸이게 되지. 이렇게 되기 전에 뭔가 해줄 수 없었을까 하고 계속 후회하게 되니까."

다시 영정 사진으로 눈을 돌렸다. 영정 사진 안에서는 성실해 보이는 중년 남성이 입을 꼭 다물고 있었다. 어디에서나 흔히 볼 수 있는 남성의 얼굴이었다. 아무리 봐도 과격한 행동을 할 것처럼 보이지는 않았다.

"쉰한 살. 진지하고 소극적인 성격. 요령이 없어서 직장에 적응하지 못하고 이직을 거듭했어. 마지막에는 아무리 애를 써도 일자리를 구하지 못해서, 자신은 세상에 필요 없는 사람이라고 생각하게 됐지. 마지막 정도는 많은 사람의 주목을 받고 싶어서, 말 그대로 꽃을 활짝 피운 거야. 지금까지 온몸에 쌓인 울분을 굳은 각오로 바꾸어서 말이야. 공포와 고통을 능가할 만큼 엄청난 각오였겠지."

사토미 씨는 미간에 주름을 잡고 안타까운 표정을 지었다. 매끄러운 말투에 놀람과 동시에 불길에 휩싸인 고통을 떠올리자 온몸이 오그라들었다.

사토미 씨가 다시 말을 이었다.

"마음속 말을 들어주는 것도 좋은 일이니까 조금 전까

지 친척들의 말을 들어줬어. 울분을 토해내면 마음이 편해지기도 하잖아? 그런 식으로 슬픔을 치유하도록 도와주는 것도 내 역할이지."

우루시바라 씨가 조용히 말을 덧붙였다.

"노부부가 재로 변한 아들을 껴안고 그러더군. 마지막 순간만이라도 잘 보내주고 싶다고. 집안 형편이 좋지 않아서 거창하게 해줄 수는 없지만, 불경이라도 읊어주지 않으면 견딜 수 없다고 말이야."

지금까지 일했던 장례식에서, 가위로 오려낸 것처럼 그 순간밖에 보지 않았던 나는 죽음의 뒤편에 있는 걸 처음으로 의식했다. 여태껏 만났던 유족들도 모두 단순한 슬픔으론 처리할 수 없는 마음을 껴안고 반도회관에 왔을 것이다.

"그 말씀을 들으니 장례식은 돌아가신 분보다 남은 가족을 위한 의식 같네요."

"그래. 아무리 가족이라도, 이 세상을 떠났다면 아무것도 해줄 수 없어. 이런 식으로 후회의 마음을 조금이라도 승화하는 수밖에 없지. 장례는 그런 자리이기도 해."

그런 건 생각해본 적이 없었다. 당연히 돌아가신 분을 위한 자리라고 생각한 것이다. 새로운 발견은 신선한 놀라움으로 다가왔다. 앞으로는 지금보다 더 마음을 담아 일할 수 있을 것 같았다.

"우루시바라, 이것도 다 인연이야."

사토미 씨가 미소를 지으며 옆에 있는 우루시바라 씨를 바라보았다.

"네가 그렇게 말한다면 그렇겠지."

두 사람의 이야기를 듣고 있을 때, 문득 한 가지 의문이 떠올랐다.

"사토미 씨, 고인에 관해서는 유족분들에게 들으셨죠? 그렇다면 고인이 웃고 있다는 건 어떻게 아셨어요? 유족은 아드님의 고통을 알고 있으니까 웃고 있다고 생각하진 않을 텐데요."

"내 눈에는 여러 가지가 보이거든."

예상치 못한 말에 충격을 받고 그를 물끄러미 바라보았다. 나와 똑같은 능력을 가진 사람이 눈앞에 있다는 사실이 믿기지 않았다.

나란히 서서 제단을 바라봤을 때, 그는 '유골'과 마주하고 있었다. 그렇다면 나보다 훨씬 영감이 뛰어나다는 뜻이다. 그런 모습을 알아차리지 못하다니, 나는 역시 둔하다. 그렇다고 처음 본 사람에게 "저도 그래요"라고 말할 수 있을 만큼 내 능력에 확고한 자신이 있는 것도 아니었다. 우물쭈물하고 있자 그는 미소를 지으며 나를 지그시 바라보았다. 그 눈길을 받고 당황해서 나도 모르게 얼굴이 화끈 달아올랐다.

시선을 돌리지 못한 채 잠시 어색한 침묵이 이어졌다. 침묵을 깨뜨린 사람은 우루시바라 씨였다.

"사토미, 열심히 일하는데 괜히 방해하지 마. 조금 있으면 보내줘야 해. 밑의 빈소도 있어서 계속 여기에 붙잡아 둘 순 없으니까."

장례식장 관계자다운 이야기에 사토미 씨는 순순히 사과하고 나는 가볍게 숨을 내쉬었다. 그런 다음에도 내가 지하 주방으로 식기류를 내리고, 빗자루로 방바닥을 쓸 때까지 두 사람은 로비에 있어주었다.

머리 한쪽이 멍한 상태로 집으로 돌아왔다. 반도회관에서 집까지는 지하철역 하나다.

밤 10시 반. 평소 같으면 이미 목욕을 마치고 좋아하는 사진집을 보거나 책을 읽으며 편안히 보낼 시간이었다.

아르바이트는 저녁때부터 시작했는데, 그 몇 시간의 기억이 오늘 하루를 몽땅 차지했다. 현관까지 이어진 계단을 올라가면서 하늘을 올려다보니 별이 한두 개 반짝이고 있었다. 어느새 밤이 이슥해지면 겨울의 별자리가 보이는 계절이 되었다.

"6개월 만에 하는 아르바이트는 어땠어?"

현관문을 열자마자 엄마가 재빨리 나와서 물었다.

오랜만에 밤에 일하러 간 딸을 안절부절못하며 기다린 가족의 모습을 떠올리고 저절로 미소가 배어나왔다.

"요코 선배와 같이 일해서 즐거웠어요. 6개월 만인데도 저를 많이 의지해서, 구직 활동에서 잃어버렸던 자신감을 되찾을 수 있었고요."

생각했던 것보다 몸이 일을 기억하고 있었던 것도 기뻤고, 열심히 일한 다음의 피곤조차 기분 좋았다.

뉴스를 보고 있던 아빠가 미소를 지으며 말했다.

"그렇게 밝은 얼굴은 간만에 보는구나. 하긴 요즘 정신적으로 많이 힘들었을 테니까. 익숙한 곳에 가면 마음이 편해지는 법이지. 오랜만에 가서 좋았지?"

평소에는 일찌감치 주무시는데 오늘은 내가 올 때까지 기다리셨던 모양이다. 우리 집은 그런 집이다. 가족이 모두 모이는 자리를 소중히 여기는 건 내가 어렸을 때부터 성인이 된 지금까지 변함이 없다.

"미소라."

아빠가 턱으로 부엌의 식탁을 가리켰다. 식탁 위에는 하얀 봉투가 놓여 있었다. 손을 내밀려고 하다가 순간적으로 멈칫했다.

봉투에는 지난주에 면접 본 회사 이름이 인쇄되어 있고, 손글씨로 '인사부 채용 담당자'라고 쓰여 있었다. 그걸 본 순간, 단숨에 심박수가 뛰어올랐다.

식탁에 등을 돌리고 야식을 준비하던 엄마가 아무렇지 않은 얼굴로 뒤를 돌아본 건 이 봉투가 마음에 걸려서일 것이다.

나는 물끄러미 봉투를 내려다보았다. 결과를 알고 싶었지만 열어볼 용기가 나지 않았다. 구직 활동을 시작한 지 어느덧 6개월. 지금까지 '면접에 응해주셔서 감사드리고, 좋은 소식을 전하지 못해 죄송합니다'라는 글을 보고 몇 번이나 울분을 삼켰던가. 나는 심호흡을 크게 하고, 봉투 옆에 있던 가위를 들었다.

기대해서는 안 된다. 그렇게 몇 번이나 스스로에게 말한 뒤, 단숨에 봉투를 자르고 접힌 종이를 천천히 꺼냈다. 심장이 쿵쾅쿵쾅 빠르게 방망이질 쳤다.

내용을 확인하고 깊게 숨을 내쉰 뒤, 다시 단정하게 접어서 봉투에 넣었다. 그대로 식탁 위에 놓고 가스레인지 앞에 있는 엄마에게 말을 걸었다.

"엄마, 오늘 반찬은 뭐예요?"

아르바이트하러 가기 전에 엄마가 돼지고기를 해동했던 게 떠올랐다.

"햄버그예요?"

"땡! 단 식초로 볶은 미트볼이야."

하지만 엄마는 더 견디지 못했는지 나를 향해 물었다.

"그보다 어떻게 됐어?"

"또 안 됐어요……."

엄마의 목소리를 들은 순간, 바보처럼 눈물이 흐르고 힘이 빠져서 그 자리에 주저앉고 말았다.

"미소라, 왜 그래?"

아빠가 당황하며 벌떡 일어났다. 이런 식으로 우는 건 오랜만이다. 그때 엄마의 다정한 목소리가 들렸다.

"미소라, 배고프지? 빨리 밥 먹자."

눈물에 젖은 한심한 얼굴을 들었더니 엄마가 풋 하고 웃음을 터뜨렸다.

"우는 얼굴은 어릴 때와 똑같네. 그 회사와는 인연이 없었던 거야. 걱정 마, 조만간 너를 필요로 하는 곳을 만날 수 있을 테니까."

엄마가 가스 불을 끄면서 식탁 위에 있던 티슈를 내민 후 몸을 숙이며 등을 쓰다듬어주었다.

"미소라, 당분간 쉬면 어떨까?"

나는 눈물을 닦으면서 엄마의 얼굴을 올려다보았다.

"계속 부동산 업계만 지원했잖아? 네가 최선을 다하는 건 알고 있고 응원도 하지만, 이쯤에서 한번 차분히 생각 해봤으면 좋겠다."

"이 업계에 맞지 않는다는 거예요?"

"면접관은 의외로 세심하게 보고 있거든. 아마 네 성격 을 간파한 걸지도 몰라. 솔직히 말하면 엄마도 좀 걱정이 되고. 넌 워낙 착해서 집요하게 밀어붙이지 못하잖아? 그 런 네가 아파트처럼 비싼 물건을 팔 수 있겠어?"

안절부절못하며 서 있던 아빠가 조심스럽게 물었다.

"그런데 왜 부동산 업계에 가고 싶은 거야?"

"옛날부터 아파트에 살고 싶었어요."

"그러고 보니 어릴 때부터 아파트 광고를 좋아했지. 할 머니께서 매일 신문에 들어 있는 전단지에서 아파트 광 고만 빼줬잖아?"

나는 고개를 끄덕이면서 감탄했다. 어떻게 그런 걸 기

억하고 계시지?

주택가의 아담한 단독주택에서 자란 나는 어렸을 때부터 아파트를 좋아했다. 방바닥에 커다란 광고지를 펼치고 들여다보면 몇 시간이라도 공상의 세계에서 마음껏 뛰놀 수 있었다. 여기에는 어떤 가족이 살까? 동물은 기를 수 있을까? 지도를 보면서 학교와 공원, 슈퍼마켓을 찾기도 하고, 내가 경험하지 못한 수많은 일상을 그리기도 했다. 어느새 아파트에 사는 날을 떠올리면서 여기는 내 방, 여기는 부모님 방, 여기는 할머니 방, 하는 식으로 방까지 정해놓았다.

아빠가 팔짱을 끼고 고개를 끄덕이면서 말했다.

"그렇게 아파트가 좋다면, 건축이나 디자인 공부를 했으면 좋았을 텐데."

문과인 나는 계속 영업직에 지원한 것이다.

"취업설명회에 왔던 문학부 출신 선배가 굉장히 멋있었어요. 분위기는 부드러운데, 커리어 우먼 같다고 할까요? 그 선배를 본 순간, 저도 할 수 있을 것 같아서……."

"미소라, 네가 커리어 우먼 같은 타입이야?"

웃음을 터뜨리는 아빠를 보면서 너무하다는 마음이 들었지만, 내가 생각해도 나에겐 어울리지 않았다. 그 선배가 다니는 대형 부동산 회사에서는 이미 옛날에 불합격 통보를 받았다.

실은 이유가 하나 더 있었지만 그건 비밀로 해두기로 했다. 부동산 업계에 취직하면 경제적으로 안심할 수 있다고 생각한 것이다.

지금까지 사립 대학에 다니며 본가에서 편하게 살아왔으니, 빨리 자립해서 부모님을 안심시켜드려야 한다는 생각이 머릿속에서 떠나지 않았다. 외동딸인 만큼 어떻게든 빨리 자리를 잡아야 한다는 의무감 때문이었을까? 하지만 너무 기를 쓰고 나와 어울리지 않는 곳으로 가려고 했는지도 모르겠다. '인연이 없었다'는 엄마의 말이 가슴 깊이 스며들었다.

"하긴 그래요. 고액의 상품을 팔아야 하는 영업직은 나와 맞지 않아요. 상대와 마음을 터놓고 얘기할 수 있는 반도회관 같은 곳이었으면 좋겠어요."

"어느 업계든 어느 회사든 힘든 점이 있겠지만, 다른 업계로 눈을 돌리는 건 나도 찬성이야. 모처럼 아르바이트로 기분 전환을 했으니 당분간 구직 활동을 쉬어봐. 마음을 리셋하면 의외로 좋은 일이 있을지도 모르잖아?"

"졸업할 때까지 아직 시간이 있으니까 천천히 생각해

봐. 조바심 낸다고 취직이 되는 것도 아니잖아? 중요한 건 너에게 맞는 곳을 찾는 거야."

"두 분 말씀대로 천천히 생각해볼게요."

한 번 마음을 정하면 누구에게도 의논하지 않고 돌진하는 나의 외골수적인 성격이 지금은 지긋지긋했다.

식탁의 접시에서 풍겨 나오는 맛있는 냄새를 맡자 배에서 꼬르륵 소리가 났다. 우리 집 대표 메뉴인 단 식초 미트볼은 비계를 싫어하는 나를 위해 엄마가 특별히 개발한 요리로, 쉽게 말하면 탕수육이 미트볼로 바뀌었다고 할 수 있다.

"미소라, 밥 먹기 전에 할머니한테 다녀왔다고 인사하고 와. 아마 아직 안 주무실 거야. 오랜만에 아르바이트하러 갔는데 잘하고 있는지 걱정하셨거든."

"참, 깜빡했어요."

거실을 나갈 때 엄마가 아빠 몰래 귓가에 속삭였다.

"네가 부동산 업계에 취직하면 아파트를 사서 집을 나가는 게 아닐까 하고 아빠가 얼마나 걱정했는지 몰라. 바보 같지?"

그 말을 듣고 마음이 따뜻해져서 엄마와 마주 보고 웃었다.

"할머니, 다녀왔어요."

장지문을 열자 방석에 오도카니 앉아 TV를 보던 할머니가 미소를 지으며 돌아보았다. 항상 볼륨을 크게 틀어놓는 탓에 내가 집에 온 걸 알아차리지 못하셨나 보다.

"아직 이불도 안 까셨어요? TV는 누워서 보시면 되잖아요."

할머니는 작년에 심장 기능 상실로 입원한 적이 있다. 나이를 먹으면 여기저기 문제가 생기는 건 어쩔 수 없는 일이지만, 되도록 안 아프셨으면 좋겠다.

나는 쉽게 내릴 수 있도록 벽장 아래쪽에 넣어둔 이불을 꺼내 깔아드렸다. 평소에 엄마가 깔아드리려고 해도 당신이 할 수 있는 일은 당신이 하겠다고 거절하신다.

"미소라, 이제 밥 먹니?"

"네."

"그럼 난 옆에서 차라도 마실까?"

할머니가 다리에 힘을 주고 일어섰다.

그렇게 길지 않은 복도를 할머니와 나란히 걸으면서 내가 먼저 고백했다.

"할머니, 실은 면접에서 또 떨어졌어요."

하지만 할머니의 평온한 표정은 변함이 없었다.

"그래? 또 지원할 거야?"

"당분간 쉬려고 해요. 아까 아빠, 엄마하고도 얘기했는데, 이번 기회에 저 자신에 대해 다시 생각해보려고요."

"괜찮아, 네 곁엔 언니가 있으니까. 분명히 잘될 거야."

어렸을 때부터 몇 번이나 들어온 말을 듣고 나는 희미하게 미소를 지었다.

"그래요. 제 곁엔 언니가 있으니까요."

할머니는 세상을 떠난 언니가 나를 지켜주고 있다고 믿어 의심치 않는다.

나에게 언니가 있었다고 말해준 사람은 할머니였다. 아직 철이 없던 시절, 언니나 오빠가 있는 친구들이 부러워 할머니에게 나는 왜 형제가 없느냐고 불만을 토로한 적이 있었다. 그때 할머니는 말없이 나를 불단 앞으로 데려가더니 어린 소녀의 사진을 보여주었다. 당시의 나와 비슷하거나 나보다 조금 어려 보였다. 그 소녀가 바로 언니였다.

"친구 언니와는 좀 다르지만 너에겐 언니가 있단다. 그러니까 부러워할 필요 없어. 항상 네 곁에서 너를 지켜주고 있으니까."

할머니 나름대로 어린 나의 고독과 외로움을 달래주려

고 했으리라. 그러려면 진실을 말해주는 게 가장 좋다고 생각한 게 아닐까?

그 이후, 내가 태어나기 전날에 하늘나라에 갔다는 언니 이야기는 나와 할머니만의 비밀이 되었다. 부모님은 언니에 관해서 한 번도 말해주지 않았다.

더구나 "네 곁엔 언니가 있단다"라는 할머니의 말은 단순한 희망 사항이 아니었다. 나는 어렸을 때부터 계속 어린 소녀가 나오는 꿈을 꾸었다.

할머니한테서 언니 이야기를 들은 순간, 꿈에 나오는 소녀가 언니라고 확신했다. 아직 어렸던 내가 왜 그렇게 생각했는지는 잘 모르겠다.

언니는 지금도 어린 모습으로 가끔 내 꿈에 나타난다. 나에게 영감이 있는 것과 분명히 관계가 있을 것이다. 오히려 언니가 곁에 있기에 영감이 있는 걸지 모른다.

지금도 기묘한 체험을 하기 전에는 항상 언니가 꿈에 나타난다. 그럴 때마다 어떻게 해야 할지 몰라서 움찔거리곤 한다. 무섭기도 하지만 나에겐 '그들'이 보일 뿐, 아무것도 해줄 수 없다. 보고도 못 본 척할 때마다 죄책감에 시달리는 탓에, 차라리 영감이 없는 편이 낫다고 생각한 적이 한두 번이 아니다.

오늘 밤은 좀처럼 잠이 오지 않는다. 침대에 늦게 들어가기도 했지만 6개월 만의 아르바이트, 부모님과의 구직 활동 이야기, 할머니 말을 듣고 떠올린 언니까지, 그런 생각들이 쉬려고 하는 의식 속에 떡하니 자리 잡고 있었다.

어깨가 조금이나마 가볍게 느껴진 이유는 조바심을 냈던 구직 활동에 당분간 유예 기간이 생겨서였다. 이렇게 긍정적으로 생각할 수 있다면, 잠들지 못하는 밤도 나쁘지 않다.

낮에는 시끌벅적한 도쿄지만, 한밤중에는 더할 수 없이 조용했다.

나는 책장에서 사진집을 한 권 꺼냈다. 그림책처럼 작은 크기에 전 세계에서 사랑스러운 새들의 사진을 모아 놓은 책이다. 그중에 내가 좋아하는 사진이 있다. 서리가 앉은 작은 나뭇가지 위에서 겨울털을 크게 부풀리며 몸을 기대고 있는 작은 새 두 마리의 사진이다. 추우면서도 따뜻해 보이는 그 사진을 볼 때마다 언니와 나를 떠올리곤 한다.

오랜만의 아르바이트를 계기로 영감에 대한 저항감이 희미해진 모양이다. 사토미 씨를 만났기 때문이리라. 그는 유골이 된 사람의 생각을 안다고 말했다. '그들'이 보임으로써 돌아가신 분이나 유족의 마음을 이해하고 있었다.

'나도 그렇게 되면 좋을 텐데.'

작고 사랑스러운 새를 보고 있자 마음이 따뜻해졌다.

다시 반도회관에 간 건 한 주가 지나서였다. 본격적으로 아르바이트를 하려고 한 순간, 장례식 일정이 딱 끊어진 것이다.

지난 며칠 사이에 큰길에 있는 미국산딸나무도 완전히 잎을 떨어뜨려 하늘이 넓게 느껴졌다. 나무껍질이 벗겨진 가로수가 찬바람을 맞으며 가지 끝을 가늘게 떨고 있었다. 가을용 코트로는 조금 추울 것 같아 목에 스톨을 둘둘 감고 집을 나섰다.

지하철 계단을 올라가자 낮은 구름에 절반 넘게 파묻힌 스카이트리가 안개비를 맞고 어렴풋하게 보였다. 어느새 겨울을 재촉하는 비가 추적추적 내리고 있었다.

우산을 써도 온몸에 달라붙는 미세한 빗방울이 서서히 체온을 빼앗아갔다. 우산 손잡이를 잡은 손가락이 곱아서, 차라리 눈이라도 내렸으면 좋겠다는 생각이 들었다. 나는 자연히 종종걸음으로 반도회관으로 향했다.

추모식이 시작되기 전의 조용한 로비는 너무나 쓸쓸해 보였다. 나는 도착한 조문객을 2층 빈소로 안내하려고 1층의 엘리베이터 홀에 서 있었다.

계속 자동문을 주시하고 있지만 사람이 오지 않으면 딱히 할 일이 없다. 평소 때라면 맡고 싶지 않은 일이다. 나는 가만히 있는 것보다 몸을 움직이는 편을 좋아한다.

두터운 비구름으로 인해 밤이 일찍 찾아오면서 밖은 이미 어둠 속에 가라앉았다. 차가 지나갈 때마다 헤드라이트의 둥근 원 안에서 바늘 같은 빗줄기가 눈부시게 반짝였다.

5시 반이 지나고 조문객이 급격히 늘면서 겨우 의욕이 솟구쳤다.

자동문 앞쪽의 우산꽂이에는 멀리서 봐도 알 수 있을 만큼 우산이 넘치고 있었다. 우산은 모두 검은색이었다. 추모식이 끝나면 없어지거나 다른 사람 우산과 바뀌었다고 한바탕 소란이 일어나리라. 그걸 생각하면 벌써부터 마음이 우울해졌다.

자동문 안쪽에 자물쇠가 있는 우산꽂이가 있는데, 추위에 곱은 손으로 동전을 꺼내기 귀찮은 건지 그쪽에는 우산이 거의 없었다. 그것이 또 의미도 없이 나를 조바심

나게 만들었다.

어젯밤에 꾼 언니의 꿈이 이따금 마음의 빈틈을 스르륵 지나가면서 슬픔과 괴로움이 번갈아 찾아왔다.

다시 자동문이 열리고 조문객과 같이 축축한 냉기가 흘러 들어왔다. 조문객들은 모두 어두운 색 코트를 입고 있고, 안에는 하나같이 문상복 차림이었다. 당연한 일이지만 그 모습을 계속 보고 있으니 기분이 이상해진다.

나는 조문객의 코트를 받아 들고 번호표를 건넨 다음, 2층 빈소로 가는 엘리베이터로 안내했다. 일행과 같이 온 몇몇 사람들을 엘리베이터 안으로 들여보내자 잠시 공백이 찾아왔다. 엘리베이터가 2층에서 멈춘 걸 확인하고 상행 버튼을 눌렀다.

그때 차가운 공기가 스윽 뺨을 스치고 지나갔다. 또 새로운 조문객이 왔나 보다.

황급히 돌아보았을 때는 이미 눈앞에 사람이 서 있었다. 너무나 갑작스럽기도 했지만 이 자리에 어울리지 않는 새로운 조문객의 모습을 보고 눈을 휘둥그레 떴다.

눈앞에 있는 사람은 젊은 여성이었다. 문상복을 단정하게 입은 모습은 이 자리에 잘 어울렸다. 내가 어울리지 않는다고 생각한 건 그녀의 배 때문이었다. 나는 불룩하게 튀어나온 그녀의 배에서 시선을 떼지 못했다.

산달을 코앞에 둔 임산부가 이렇게 춥고 비 오는 날 밤에 다녀도 괜찮을까? 나는 걱정이 되어 그녀를 망연히 쳐다보았다. 삼가 조의를 표합니다, 라고 말하는 것도 잊어버렸다.

그녀는 무거워 보이는 배를 껴안듯 배 앞쪽에서 두 손을 깍지 끼었다. 문상복에 달라붙은 안개비가 엘리베이터 앞의 조명을 받고, 섬세한 다이아몬드 조각처럼 아름다운 빛을 뿌렸다.

"저기……."

그녀는 나를 보고 고개를 갸웃거리더니 가냘픈 목소리로 말했다. 기다란 앞머리가 살며시 흔들리며 하얀 이마가 보였다.

"엘리베이터를 타고, 2층 빈소로 가시면 됩니다."

나는 흠칫거리며 정신을 차리고 서둘러 고개를 숙였다. 완전히 페이스가 흐트러졌다. 무례한 시선으로 쳐다본 것에 새삼 미안함을 느꼈다. 그녀가 가져온 싸늘한 기운에 나도 모르게 몸을 가늘게 떨었다. 바깥 기온이 더욱 내려갔을지도 모르겠다.

엘리베이터 문이 열렸지만 그녀는 타려고 하지 않았다.

"왜 그러시죠?"

무심코 바라본 배에서 시선을 올려 그녀의 얼굴을 바라보았다.

피부색은 투명하리만큼 하얗고, 섬세한 이목구비의 미인이었다. 바깥 추위에 몸이 차가워진 게 아닐까 생각될 만큼 얼굴에서는 핏기를 찾아볼 수 없었다. 어디선가 본 적이 있는 듯한 건 단순한 착각일까? 여기에 오는 사람은 모두 검은색 정장 차림이다. 비슷하다고 착각한 것뿐일지도 모른다.

"괜찮으세요? 휴게실에 따뜻한 차가 있으니까 몸을 녹이시는 게……."

그녀는 어쩐지 엘리베이터에 타지 않으려는 것처럼 보였다.

"……여기가 야나기사와 씨 빈소가 맞나요? 제가 잘못 찾아오지 않았나 해서요……."

그녀는 작은 목소리로 확인하듯 물었다.

그 모습을 보고 오늘 밤 추모식의 주인공도 임산부였다는 사실이 떠올랐다. 눈앞에 있는 임산부는 산부인과에서 만난 친구일지도 모른다. 그렇다면 너무나 가슴 아픈 이야기다.

"네, 야나기사와 님 빈소가 맞습니다. 어쨌든 여기는 추우니까 위쪽으로 가시죠. 배 속의 아이에게도 안 좋을 거예요. 조문객들도 많이 오셨으니까 아는 분이 계실 수 있고요……."

그녀를 혼자 놔두는 게 왠지 불안했다. 빨리 조문객이 있는 떠들썩한 곳으로 들여보내고 싶었다. 그런 생각이 들 만큼 안타까운 모습이었다.

하지만 그녀는 움직이지 않고 나를 가만히 응시했다. 가늘게 뜬 다정한 눈동자는 어렴풋이 흔들리면서도 강력한 의지가 느껴졌다.

"저하고 같이 가주시겠어요?"

"네?"

"가방이 있는데, 전 들 수 없거든요."

그녀에게 정신을 빼앗긴 탓에 미처 보지 못했는데, 발밑에 커다란 가방이 놓여 있었다. 해외여행에라도 가져갈 수 있을 만큼 튼튼해 보였다. 이 정도면 몸이 무거운 상태로 들기는 힘들 것이다.

"알겠습니다. 그럼 같이 가시죠."

그녀에게 엘리베이터를 가리키며 가방에 손을 내밀었는데, 속으로 난처하게 되었다고 생각했다. 오늘 밤은 되도록 빈소에 가까이 가고 싶지 않았다. 그래서 먼저 1층 안내를 담당하겠다고 지원한 것이다.

그나저나 이 여성과 커다란 가방에는 형용할 수 없는 위화감이 들었다. 어쩔 수 없이 가방을 들어 올린 순간, 나는 시트콤에 나오는 사람처럼 크게 휘청거렸다. 보기와 달리 몹시 가벼웠던 것이다.

고개를 들어 여성을 바라보니 그녀가 살짝 미소를 지었다. 안에 든 물건이 무엇이냐고 물을 만한 분위기는 아니라서, 할 수 없이 바깥 공기처럼 축축하고 차가운 가방을 들고 엘리베이터에 올라탔다.

2층에 도착할 때까지의 10여 초가 숨이 막힐 것처럼 길게 느껴졌다. 그동안 그녀는 아무 말도 하지 않았다. 나는 등 뒤에서 그녀의 기척을 느끼면서 둔한 빛을 뿌리는 은색 문을 말없이 바라보았다.

그러는 동안에도 크기만 하고 무겁지 않은 가방이 마음에 걸려서 견딜 수 없었다. 안에는 뭐가 들었을까? 이 정도라면 그녀도 얼마든지 들 수 있지 않을까.

겨우 문이 열리고 향냄새가 허공을 떠다녔다. 나는 '열림' 버튼을 누른 채 뒤를 돌아보았다. 그녀를 부의록을 쓰는 곳으로 안내한 다음, 가방을 어디에 둘지 물을 생각이었다.

뒤를 돌아본 순간, 나는 연신 눈을 깜빡였다. 엘리베이터 안에서 그녀의 모습이 보이지 않았다.

"어?"

로비에서 이야기를 나누는 조문객을 둘러보고, 다시 엘리베이터 안으로 시선을 돌렸다. 그곳에는 텅 빈 공간만 있을 뿐이었다.

"사라졌어……."

부의록 앞에 늘어선 조문객의 줄, 짐을 보관해주는 직원의 앞, 친척 휴게실까지 시선을 돌렸다. 그래도 역시 보이지 않았다.

엘리베이터 문이 열린 건 짧은 순간이었다. 꿈이라도 꾸었나 했지만 가방은 분명히 내 손에 있었다. 갑자기 가방이 무섭게 느껴졌다.

나는 그 자리에 어울리지 않는 커다란 가방을 든 채 빈소로 향했다. 순간적으로 떠오른 위화감을 확인하기 위해서였다. 로비를 가로지를 때, 조문객들이 얼굴을 찡그리며 커다란 가방을 피했다.

그리고 영정 사진을 마주한 순간, 내 입에서 한숨 같은 중얼거림이 새어나왔다.

"역시 그런 건가……."

검은 액자 안에서 조금 전의 여성이 허무해 보이는, 그러면서도 행복해 보이는 미소를 짓고 있었다.

나는 그 자리에서 걸음을 멈추었다. 위화감의 정체를 알아차린 것이다. 어디서 본 적이 있다고 생각한 것도 당연하다. 빈소를 준비할 때, 영정 사진을 몇 번이나 보았으니까.

'이 가방은 어떡하지…….'

언니의 꿈에서 느낀 불길한 예감이 적중했다. 무섭다기보다 기묘한 일을 겪고 싶지 않았다. 그래서 오늘은 되도록 빈소에 가까이 가지 않으려고 했는데.

'아무튼 이 가방을 어떻게든…….'

나는 다시 가방을 들었다. 잠시 생각하다가 상주에게 전해주기로 정했다. 믿을지 믿지 않을지는 상주에게 달렸다.

상주는 고인의 남편이다. 갑작스레 아내를 잃고 지금쯤 혼란에 빠져 있을 것이다. 이야기를 할 수 있는 상황이 아니면 상주 휴게실에 슬며시 놓고 와도 되지 않을까? 나에겐 아직 조문객을 안내하는 일이 남아 있다. 여기서 우물쭈물하고 있을 수는 없다.

상주를 찾으려고 고개를 돌렸다. 아마 관 옆이나 휴게실에 있으리라.

"또 만났군."

뒤쪽에서 목소리가 들려 돌아보니 우루시바라 씨가 서 있었다.

지난번과 똑같은 검은색 정장 차림으로, 가슴에서는 작은 은색 이름표가 빛나고 있었다. 오늘은 손에 하얀 장갑을 끼고 있었다. 이번 장례식 담당자는 아무래도 이 사람인가 보다.

"사토미가 그러더군. 네가 좋은 걸 가지고 있다고."

그는 내 상황에는 신경도 쓰지 않고 말을 걸었다. 나는 그 말을 무시한 채 마침 잘됐다고 생각하며 물었다.

"우루시바라 씨가 여기를 담당하시는 건가요?"

"그래."

고개를 끄덕이는 남자를 향해 가방을 내밀었다. 그는 반사적으로 가방을 받고 곤혹스러운 표정을 지었다.

"이건 뭐지?"

"방금 '좋은 거'라고 하셨잖아요?"

"그렇게 말하긴 했지만 이건 아니야." 그는 내 말을 반박한 다음에 가방을 보았다. "부피가 큼지막한 것치고는 굉장히 가볍군. 뭐가 들어 있지?"

대화가 맞물리지 않았지만 중요한 건 그게 아니었다.

"믿지 않겠지만 조금 전에 영정 사진의 여성분이 제게 줬어요. 1층에서 가방을 들어달라고 해서 같이 엘리베이터를 탔거든요."

그의 눈초리가 180도 달라졌다. 내가 당황스러워할 만큼 진지해진 것이다.

"영정 사진의 여성이라면…… 돌아가신 분 말이야?"

"맞아요. 물론 믿기지 않는다는 건 잘 알아요. 하지만 밑에서 조문객을 안내하고 있을 때, 영정 사진의 여성분이 들어왔어요. 저도 믿기지가 않았어요. 그런데 그분은 갑자기 사라지고 가방만 남았어요."

이해해주기를 바라며 간절하게 설명하면서도 한편으론 포기했다. 어차피 이상한 여자라고 생각하리라.

이런 이야기는 대부분 믿어주지 않았고, 장소가 장소인 만큼 장난치지 말라고 야단맞은 적도 있다. 하지만 그의 반응은 달랐다. 놀랍게도 살짝 미소를 지은 것이다.

"안 무서워?"

"당연히 무서워요. 아니, 그보다 놀랐어요. 이렇게 실제로 가방이 있으니까요. 지금까지 이런 일은……."

"자주 있었나?"

나는 어떻게 대꾸해야 할지 몰라서 어정쩡한 표정을 지었다. 실체가 있는 건 처음 본다고 말하려다가 그만두었다. 이해할 수 없는 말을 해봐야 허무할 뿐이다. 그보다 생각지도 못한 그의 반응을 보고 맥이 빠졌다. 그는 진지한 눈길로 가방을 뚫어지게 응시했다.

"굉장히 중요한 물건이 들었나 보군."

듣고 보니 그렇다. 나는 무심코 고개를 끄덕였다.

그는 어딘지 모르게 기쁜 표정을 지었다. 지금까지와 다른 표정에 당황하면서도, 안도의 한숨을 내쉬며 그가 들어 올린 가방을 만지작거렸다.

"그래요. 중요한 물건이 들어 있을 거예요. 그래서 일부러 가져온 거예요. 빨리 상주님께 전해주세요."

그는 오른손으로 가방을 들고, 왼손으로 내 팔을 힘껏 잡아당겼다.

"상주님은 휴게실에 있어. 가자."

"저도 가야 하나요?"

대답을 듣지 못한 채 나는 그대로 끌려갔다.

활짝 열린 휴게실 격자문에서는 실내가 잘 보였다. 우

루시바라 씨는 말을 걸기 전에 잠시 상주의 모습을 지켜보았다. 상주에게 어떻게 말할까 생각하는 듯했다.

상주는 바닥에 털썩 주저앉은 채 고개를 숙이고 있었다. 안색은 창백하고, 하도 울어서 눈이 부었다는 걸 멀리서도 알 수 있었다.

초췌한 게 당연하다. 앞으로 찾아올 행복한 인생을 한순간에 빼앗겨버렸으니까.

사랑하는 가족을 한꺼번에 잃은 절망과 슬픔, 고독. 악몽 같은 현실을 아직 받아들일 수 없으리라. 망연자실한 상주의 모습을 보고 가슴이 먹먹해졌다.

이번 장례식의 상주는 너무나 가엾다……. 장례식이 정해진 날부터 직원들 사이에서 그런 소문이 났다고 요코 선배가 귀엣말을 해주었다. 이런 정보는 어디서 흘러나오는지 모르지만, 자세히 아는 사람이 있어서 듣고 싶지 않아도 저절로 귀에 들어온다.

불의의 사고였다고 한다.

저녁 찬거리를 사러 슈퍼에 갔다가 큰 사거리에 설치된 보도교의 맨 위 계단에서 굴러 떨어졌다. 밑으로 떨어지는 동안 단단한 콘크리트 계단에 머리와 커다란 배를 몇 번이나 부딪혔고, 그 탓에 병원으로 실려 가는 도중에 숨을 거두었다. 배 속에 있는 아이와 함께. 그녀가 평소에 좋아하던, 전망 좋은 다리였다. 근처에는 슈퍼 비닐봉지에서 튀어나온 식재료가 흩어져 있었다고 한다. 묵직한 식재료와 무거워진 몸으로 인해 균형을 잃었으리라.

가해자도 없다. 따라서 원망할 상대도 없다. 혼자 남겨진 남편은 온몸을 짓누르는 슬픔과 분노를 쏟아내지 못한 채 괴로워하고 있었다.

이럴 때 나의 왕성한 상상력은 스스로를 끝없이 괴롭힌다. 이야기를 듣기만 해도 곧장 감정 이입을 해버리는 것이다. 별안간 아무도 없는 세계에 떨어져서 사랑하는 아내를 찾아 헤매는 상주. 그의 애절한 목소리가 들린 듯해서 그 자리에서 온몸이 얼어붙었다.

우루시바라 씨의 팔을 뿌리치려고 한 순간, 그는 비틀거리는 나를 지탱하듯 오히려 손에 힘을 주었다.

"왜 그래?"

"죄송해요, 조금 어지러워서……."

눈앞이 캄캄해졌다. 주변을 떠도는 강렬한 슬픔이 내 마음속으로 흘러 들어오면서, 그 슬픔이 내 슬픔인 듯 고통스러웠다. 상주는 아직 처참한 현실과 머릿속에 있는 미래 사이에서 괴로워하고 있다. 그 슬픔이 내 마음을 깊숙이 찌른 것이다.

늘 곁에 있던 아내가 어디에도 없다.

둘이 손꼽아 기다리던 아이도, 아무리 기다린다 한들 안을 수 없다.

왜 이렇게 되었을까? 혹시 꿈이 아닐까? 끊임없이 반복 되는 허무한 생각이 서서히 내 마음속으로 침투했다.

그에게는 시간이 필요하다. 추모식과 고별식이 전부 끝 난 다음이라도 좋다. 아내와 아이의 죽음을 서서히 받아 들이고, 그들을 떠올리면서 이제 이 세상에 없음을 깨닫 기 위한 시간이…….

"괜찮아?"

우루시바라 씨가 내 얼굴을 똑바로 바라보았다.

그때 요코 선배가 뛰어왔다. 아래층에 있어야 할 내가 왜 여기에 있는지 이상해서 달려온 것이다. 선배는 오늘 2층 로비에서 상주의 친척과 조문객을 안내하는 역할을 맡고 있었다.

"미소라, 1층은 어떡하고 여기에 있어?" 그러다 창백한 내 얼굴을 보고 걱정스러운 말투로 바뀌었다. "괜찮아? 어디 아파?"

"상주의 친척분이 일을 부탁했다고 합니다. 그래서 나

하고 같이 왔습니다."

나를 대신해서 우루시바라 씨가 대답했다. 주변의 조문객들 때문인지 정중한 말투였다.

"그러세요?"

"1층에 오래 있었던 탓에 추워서 그럴 겁니다. 일을 마치면 금방 돌려보낼 테니까 아카사카 씨도 제자리에 돌아가세요. 예상보다 조문객이 많이 왔죠? 자리도 이제 거의 다 차지 않았나요?"

"네, 자리가 거의 다 찼어요. 하긴 이 시간이라면 밑에서 안내할 필요는 없겠네요. 일을 마치면 잠시 쉬게 해주세요. 얼굴이 너무 창백해요."

홀 스태프의 리더인 선배가 손목시계로 시간을 확인하면서 말했다.

"그러면 되겠어?"

우루시바라 씨가 나를 쳐다보면서 물었다.

"네, 죄송해요. 이제 괜찮아요."

오랫동안 같이 일해온 선배는 내게 영감이 있다는 걸 알고 있어서, 빨리 쉬게 해주려고 했다. 그녀의 따뜻한 배려에 코끝이 찡해지면서, 여기서 일하는 동안은 정신 바싹 차려야 한다고 입술을 꽉 깨물었다.

그녀가 로비에 넘치는 사람들 사이를 절묘하게 뚫고 빈소로 들어가는 걸 보고 나서 우루시바라 씨가 말했다.

"들어가자."

"네."

상주의 어머니에게 고개를 숙인 뒤, 우루시바라 씨가 먼저 안으로 들어갔다. 나는 가방과 같이 입구에서 대기하고 있었다.

이번 장례식의 담당자인 우루시바라 씨가 인사를 하고, 추모식이 어떤 순서로 진행되는지 설명해주었다. 상주는 여전히 어깨를 떨어뜨린 채 넋 나간 사람처럼 망연히 있을 뿐이었다. 우루시바라 씨의 말을 듣는지 듣지 않는지조차 알 수 없었다.

"상주님, 전해드릴 물건이 있습니다."

우루시바라 씨가 뒤를 돌아보고 나를 가리켰다. 나는 천천히 고개를 돌린 상주를 향해 머리를 숙이고, 커다란 가방을 살짝 들어올렸다. 상주가 의아한 표정으로 미간에 주름을 잡았다.

"조금 전에 어떤 분이 1층에서 저 가방을 상주님께 전해드리라고 했답니다."

"저 가방은……."

상주가 눈을 크게 뜨고 눈앞의 가방을 응시했다.

"본 적이 있습니까?"

상주는 혼란스러운 듯 머리를 작게 가로저었다.

"그럴 리 없어⋯⋯. 이걸 누가 줬나요?"

"여자분이에요. 이름은 모르겠습니다. 죄송해요, 금방 어디론가 사라지셔서⋯⋯."

갑자기 생기를 되찾은 상주를 보고 당황하면서 대꾸하자 그는 매달리는 눈길로 나를 바라보았다.

"그 사람은 어디 있죠? 여기에 있나요?"

"그건 몰라요."

"모른다니⋯⋯."

황급히 일어서서 혼잡한 로비로 나가려는 상주를 우루시바라 씨가 만류했다.

"조문객들이 많이 오셨습니다. 많은 분들이 사모님을 좋아하셨나 봅니다. 이렇게 사람들이 많아서는 금방 찾을 수 없겠죠. 일단 가방에 뭐가 들었는지부터 확인하시는 것이⋯⋯."

"아아, 그렇죠⋯⋯."

상주는 의식을 로비로 향하면서도, 우루시바라 씨의 말에 따라 가방에 손을 내밀었다.

"가방이 참 크군요."

우루시바라 씨가 감탄한 듯이 말했다.

상주는 멈칫거리며 가방을 자기 쪽으로 끌어당겼다. 밝은 조명 밑에서 바라보니 손잡이의 가죽 색깔이 바래 있어 상당히 오래 사용했음을 알 수 있었다.

"이건 제 가방입니다. 안 그래도 비슷하다고 생각했는데, 어떻게……."

상주는 닳은 손잡이 부분의 가죽과 보풀이 인 몸체의 천을 확인하듯 어루만졌다.

"안에는 뭐가 들어 있습니까? 상당히 불룩한데, 보기만큼 무겁지는 않더군요."

우루시바라 씨가 재촉하자 상주는 손을 떨면서 가까스로 지퍼를 내렸다.

나와 우루시바라 씨는 상주와 같이 가방 안을 들여다보았다. 무엇이 들었는지 나도 계속 신경 쓰였던 것이다.

지퍼를 내리자마자 하얀색 물건이 솟구치며 모습을 드러냈다. 안에서 상당히 압축되어 있었는지, 지퍼를 전부 내렸을 때는 하얀 덩어리가 넘치듯 튀어나왔다. 목화 열매가 터지며 솜이 튀어나오는 듯한 광경에 놀라, 이 덩어리가 뭔지 바로 알아차리지 못했다.

상주는 눈을 크게 뜨고 가방을 내려다보았다.

"이건……."

우루시바라 씨도 옆에서 물끄러미 바라보았다.

"기저귀군요. 더구나 상당히 많이 들어 있습니다."

망연히 가방을 내려다보는 상주의 눈에 순식간에 눈물이 차올랐다. 눈물은 뺨을 타고 힘차게 흘러내리며 바닥에 짙은 얼룩을 만들었다. 지금까지도 계속 울었을 텐데, 새로운 눈물이 끊이지 않았다.

"레이코예요. 레이코가 가져온 겁니다."

"레이코 씨요?"

무의식중에 되묻자 우루시바라 씨가 입술 앞에 검지를 세웠다.

"사모님이시군요."

상주가 나에게 눈길을 향했다.

"이걸 아가씨가 받았나? 어떻게 생긴 여성이었지?"

"배가 불룩하고 얼굴은 갸름하며 아름답게 생긴 분이었어요."

영정 사진의 사람이었다곤 말할 수 없어서 나는 본 대로 말했다.

"틀림없어, 레이코야."

우루시바라 씨가 슬며시 덧붙였다.

"사진 속 사모님과 많이 닮은 분이었다고 합니다."

"아아……."

가방을 껴안고 흐느끼는 상주를 보고 나도 모르게 몸을 숙여서 그의 등을 쓰다듬었다. 그리고 어떻게든 위로하기 위해 상주에게 말을 걸었다.

"사모님은 어떻게 해서라도 상주님께 이걸 전하고 싶으셨나 봐요. 배가 불룩한 몸으로 추위 속에서 비를 맞으며 이 가방을 들고 오셨더라고요."

실제로 영혼이 가방을 어떻게 가져왔는지는 알 수 없었다. 다만 그렇게 하고 싶다는 강렬한 의지가 있었다는 건 분명하다.

"문상복 차림이었는데 몹시 추워 보였어요……. 이제 본인은 들 수 없다고 하면서 저에게 주시더라고요."

"그 사람, 여전히 무모한 짓을 하는군. 예복을 차려입으면 추모식에 참석할 수 있다고 생각했나? 바보처럼……."

상주는 눈물을 흘리면서도 미소를 지었다.

"사모님께는 굉장히…… 굉장히 소중했을 거예요."

옆에서 말없이 지켜보던 우루시바라 씨가 덧붙였다.

"사모님께는 이 가방이 꼭 필요했을 겁니다."

상주가 오열이 터져나오려는 걸 애써 참으면서 입을 열었다.

"이 가방에…… 지난달에 아내와 같이 기저귀를 넣었습니다."

"출산 준비물이었나요?"

감정이 없는 것처럼 억양이 없는 우루시바라 씨의 담담한 목소리가 지금은 오히려 기분 좋게 들렸다.

"네. 아내는 아이를 낳으면 당분간 처가에 있을 예정이었습니다. 우리는 곧 태어날 아이를 기다리며, 일찍부터 기저귀를 비롯해 아이 용품을 샀답니다. 이 가방은 내가 처가에 가져다둘 예정이었어요. 기저귀는 그쪽에서 살 수도 있었지만, 어쨌든 둘이 함께 아이 물건을 사는 게 너무너무 즐거웠습니다……."

상주는 그때를 그리워하듯 허공을 바라보며 말했다. 마음속에 있는 아내와의 즐거운 추억을 조금씩 뽑아내는 듯한 말투였다.

"그래서 이 큰 가방에 기저귀를 넣어 가져가기로 했습니다. 둘이 함께 가방에 기저귀를 꽉 채웠죠. 너무 꽉 채우면 꺼낼 때 힘들어, 가방이 터지면 어떡하지, 하고 웃으면서요. 그러고 나서 일주일도 채 안 됐는데, 그런데 이 가방이 어떻게……."

조용하게 말하던 표정이 마지막에 흔들리더니, 상주는
말없이 입술을 깨물었다.

그때 말없이 가방을 바라보던 우루시바라 씨가 입을
열었다.

"두 분께는 아이를 손꼽아 기다리던, 행복한 추억이 담
긴 가방이군요."

상주가 작게 고개를 끄덕였다.

"그걸 사모님께서 일부러 가져오시다니……." 우루시바
라 씨는 힐끔 시계를 보며 말을 이었다. "상주님, 이제 빈
소로 들어가실 시간입니다."

상주는 당황한 표정을 지으며 손수건으로 눈물을 닦
았다. 상복에 어울리지 않는 파란색 체크무늬 손수건이
다. 그걸 보고 젊은 상주가 한층 안타깝게 여겨졌다. 아내
가 있었으면 상복에 맞는 손수건을 챙겨주었을 텐데.

"상주님, 사모님에게는 가방이 필요했습니다. 그건 남편
에게 보내는 메시지라고 생각합니다."

"네?"

빈소에 들어갈 시간이라고 재촉해놓고, 우루시바라 씨
는 상주를 바라보며 계속 말을 이었다.

"사모님은 천국에서 아이를 낳아 훌륭하게 키우겠다고, 당신에게 전하고 싶었던 게 아닐까요? 그래서 기저귀가 필요했던 겁니다. 사모님, 아기, 그리고 기저귀. 모두 같이 보내달라는 게 아닐까 하는 생각이 드는군요."

"레이코……."

"사모님은 지금 곁에 계십니다. 이 가방을 가져오신 걸 보면 분명히 당신을 지켜보고 있을 겁니다." 우루시바라 씨는 상주를 똑바로 바라보더니, 조심스럽게 가방을 만지면서 말을 이었다. "사모님께도 이 가방에 행복한 추억이 담겨 있겠죠. 일이 이렇게 되어서 사모님도 굉장히 슬플 겁니다. 갑작스러운 죽음이 억울하기도 하실 테고요. 하지만 그보다 괴로운 일이 있습니다. 앞으로 행복한 삶을 기대했던 남편을 두고 떠나는 일입니다. 당신을 이렇게 슬프게 만드는 일도 그렇고요……."

상주는 자신을 에워싼 공기를 껴안듯 두 팔로 자신의 몸을 꼭 껴안았다. 어깨를 작게 떨면서 슬픔을 참고 입술을 깨물었다.

"그래서 사모님은 결심하셨습니다. 배 속의 아이는 자신이 하늘나라에서 잘 키울 테니까 당신도 이곳에서 건강하게 지내달라고."

상주가 얼굴을 들었다. 부인의 모습을 찾는지 상주의 시선이 허공을 방황했다.

"근처에 있다면, 목소리라도 들려주지……."

"그러니 마음을 굳게 먹고 사모님의 결심에 응해주십시오."

"내가 잘 보내주어야 하는 거죠? 두 사람을……."

"그렇습니다."

우루시바라 씨는 고개를 끄덕이며 대답했다.

상주는 일어서서 세면대에서 세수를 하고 머리를 매만졌다. 얼굴은 초췌했지만 등줄기는 곧게 펴지고 눈에는 빛이 돌아왔다. 그를 에워싸던 슬픔의 기운이 조금씩 희미해지는 것이 느껴졌다.

우루시바라 씨는 아무 일도 없었다는 얼굴로 상주가 준비를 마칠 때까지 조용히 기다리고 있었다.

"상주님, 빈소에 들어가시기 전에 스님에게 인사해주십시오. 지금 휴게실로 안내하겠습니다."

상주와 어머니는 추모식이 시작되기까지 시간이 별로 없다는 걸 깨닫고, 황급히 밖으로 나갔다.

상주와 나란히 걸으면서 조용히 속삭이는 우루시바라 씨의 목소리가 들렸다.

"조금 전 기저귀 말입니다만, 내일 출관할 때 관에 몇 개 넣을 수 있습니다. 남은 기저귀와 추억이 담긴 가방은 나중에 절에 부탁해서 태울 수도 있고요. 오늘 오신 스님은 상주님의 보리사*에서 오셨죠? 그런 것도 차차 의논하시면 좋을 겁니다."

그 말을 듣고 상주는 힘차게 고개를 끄덕였다.

스님 휴게실로 상주를 들여보낸 뒤, 우루시바라 씨가 돌아와서 내 얼굴을 바라보았다.

"괜찮아? 아직 얼굴이 창백하군."

나는 그를 향해 깊숙이 고개를 숙였다.

"고마워요. 전 의미도 모른 채 그냥 가방을 받았어요. 우루시바라 씨가 안 계셨다면 상주님도 받아들이지 못했을 거예요."

그는 여전히 감정을 알기 힘든 얼굴로 말했다.

"고맙다는 말을 들을 만한 일은 아니야."

온화한 것 같으면서도 무표정한 얼굴이었다.

---

* 한집안에서 대대로 장례를 지내고 조상의 위패를 모셔 명복을 빌고 천도와 축원을 하는 절.

"그토록 슬퍼하시던 상주님께서 우루시바라 씨의 이야기를 듣고 기운을 차렸잖아요? 저는 그런 경우에 어떻게 해야 좋을지 모르겠어요. 저까지 슬퍼지는 바람에 도저히 상주님을 위로할 수 없거든요."

"유족의 심정이 되어줄 수 있는 건, 우리 일에서 아주 중요한 부분이지."

그것만으로는 안 된다. 나는 고개를 가로저었다.

"우루시바라 씨는 상주님에게 기운을 줄 수 있는 게 뭔지 확실히 인지하고 계셨어요. 사모님의 마음도 알고 있었고요. 저는 사모님을 직접 만났는데도 아무것도 할 수 없었어요. 한심하기 짝이 없어요."

내 말을 듣고 있던 그는 다시 무표정한 얼굴로 말했다.

"아무런 문제없이 장례식을 끝내는 게 내 일이니까."

"네?"

"솔직히 말하면 고인이 정말로 원하는 게 뭔지는 나도 잘 몰라. 다만 그렇게 말하면 상주의 마음이 진정되고, 기저귀도 갈 곳을 찾을 수 있다고 생각했을 뿐이야." 그는 담담하게 말을 이었다. "오히려 오늘 밤 1층에서 안내한 사람이 너라서 다행이었어. 사토미 말이 맞았군."

"사토미 씨요?"

며칠 전에 그와 같이 있었던 젊은 스님이다.

"지난번에 추모식이 시작되기 전에 로비에서 지나친 적이 있지? 그때 사토미가 네 곁에 있는 걸 알아차렸어. 녀석은 여러 가지를 볼 수 있거든. 그래서 4층으로 불러서 확인했던 거야. 널 상당히 맘에 들어 하더군." 그는 당황하는 나를 관찰하듯 바라보면서 덧붙였다. "1층에 다른 사람이 있었다면 상주의 부인은커녕 가방도 못 봤을 거야. 그러면 상주는 계속 슬픔의 늪에서 빠져나오지 못했을 테고, 오늘 밤은 정말 비참한 추모식이 되었겠지. 아무리 나라도 계기가 없으면 유족을 이해시킬 수 없으니까."

"계기요?"

"그래. 오늘 밤은 네가 그 계기를 만들어줬어. 사토미는 종파가 다른 장례식에는 부를 수 없어서 너 같은 사람은 큰 도움이 되지."

그는 팔을 들어 올리더니 아연한 표정을 짓는 나에게 손목시계를 가리켰다.

"10분 전이야. 아카사카 씨 말처럼 이제 조문객을 안내할 필요는 없겠지. 잠시 배선실에서 쉬다 오는 게 어때? 어쩌면 또 부인이 있을지도 모르지."

"그게 무슨 말씀이세요?"

심술궂게 웃는 남자의 말이 이해되지 않아서 나도 모르게 목소리가 커졌다. 조금 전까지 그토록 감동했는데, 완전히 배신당한 느낌이다. 이 사람은 사토미 씨 대신에 나를 이용했다는 말인가?

"목소리를 낮춰. 난 너한테 관심이 있어. 자세한 건 나중에 천천히 얘기해달라고."

그는 조금 전과 다른 표정으로 눈을 가늘게 뜨고 작은 목소리로 속삭이듯 말했다. 되받아치려고 하는 사이에 그의 표정이 진지하게 변했다.

"그럼 다녀오겠습니다."

그는 갑자기 정중하게 말하고는 성큼성큼 빈소로 들어갔다. 자세가 똑바른 걸음걸이였다.

찜찜한 상태로 남겨진 나는 한동안 그가 들어간 빈소의 입구를 멍하니 바라보았다. 빈소의 소란스러움이 끊어지고 갑자기 정적이 찾아왔다. 이제 곧 추모식이 시작된다.

상주와 어머니를 자리에 앉힌 요코 선배가 나를 발견하고 황급히 다가왔다.

"괜찮아? 분향이 시작될 때까지는 좀 쉬어도 돼. 우루시바라 씨의 안내 멘트가 들릴 테니까 그러면 식사 자리로 와줘.”

그녀는 재빨리 귓엣말을 하고는 스님을 부르기 위해 휴게실로 뛰어갔다. 바쁜 뒷모습을 보면서 속으로 감사의 인사를 건네고, 배선실의 접이식 의자에 앉았다.

의자에 앉은 순간, 한꺼번에 피로가 몰려왔다. 그런 일을 겪으면 항상 심한 피로감이 온몸을 짓누른다. 나의 생기를 빼앗기는 게 아닐까 생각할 정도다.

포트에서 찻잔에 뜨거운 물을 따라 천천히 식히면서 입에 댔을 때, 우루시바라 씨의 목소리가 귓가로 스며들었다.

“지금부터 고 야나기사와 레이코 님의 추모식을 거행하겠습니다.”

조용하면서도 마음 안쪽까지 울려 퍼지는 목소리였다.

나는 안으로 들어가는 스님의 맑은 방울 소리를 들으면서 눈을 가늘게 뜨고 찻잔에서 피어오르는 수증기를 보았다.

우루시바라 씨는 그런 식으로 말했지만…….

그가 상주에게 한 말은 틀리지 않았다.

비에 젖어 온몸이 차가워진 부인의 필사적이면서도 망연자실한 표정이 눈꺼풀에 새겨져서 떠나지 않았다. 그

기저귀가 없으면 아기와 함께 하늘나라로 떠날 수 없다. 더구나 가방이 있으면 상주는 아내를 떠올리며 계속 슬픔에 잠겨 있으리라. 그래서 어떻게 해서라도 가져가고 싶었던 것이다.

나는 눈을 감은 채 뺨을 어루만지는 부드러운 수증기의 온기를 느끼면서, 멀리서 들리는 독경 소리에 귀를 기울였다.

이렇게 일찍 작별 인사를 할 줄 몰랐어. 아이를 안겨주지 못해서 미안해. 용서해줘. 아이는 내가 잘 키울 테니까 걱정하지 말고…….

어디선가 그런 다정한 목소리가 들리는 듯했다.

제2화
크리스마스 선물

일이 끝난 후에 마시는, 우유를 듬뿍 넣은 커피는 각별하다.

똑같이 내리는데도 요코 선배가 내리는 커피는 조금 다르다. 커피콩 양이 나와 미묘하게 다른데, 어느 정도인지는 비밀이라고 한다. 또한 커피 크리머를 넣지 않고 냉장고에 있는 팩 우유를 넣는다. 우유를 넣어서 마시는 사람은 선배와 나 정도지만.

애초에 커피 메이커로 내리는 커피 맛이 그렇게 차이가 나겠느냐고 물으면 할 말이 없지만, 선배 말에 따르면

애정이 다르다고 한다. 선배는 고객과 미팅을 하거나 외부 현장에 다니느라 출입이 잦은 장례부 직원들을 위해 항상 뜨거운 커피나 시원한 보리차를 준비해놓는다. 반도회관의 어머니 같은 존재라고나 할까?

고별식이 끝나고 빈소의 청소를 마친 뒤, 나와 선배는 사무실에서 이런저런 이야기를 했다. 물론 타임카드는 찍었다. 내일은 도모비키*라서 오늘 밤은 추모식이 한 건도 없다. 사무실에도 느긋한 분위기가 떠다니고 있었다.

오후 5시가 되려고 할 무렵, 고객과 미팅이 있었던 시나 씨가 돌아왔다. 반도회관 장례부 직원 중에서 가장 젊은 사람이다. 12월 중순이 지나면서 바깥 공기가 상당히 차가워졌는지, 시나 씨의 뺨이 어린아이처럼 빨개져서 나도 모르게 웃음이 나왔다.

그는 들어오자마자 나와 요코 선배를 발견하고 재빨리 물었다.

"크리스마스이브에 내가 담당하는 추모식이 있는데, 두 사람이 도와줄래?"

---

* 사물의 승패가 없다고 하는 날로, 일본에서는 이날 장례를 치르면 친구의 죽음을 부른다고 하여 꺼린다.

그러고 보니 크리스마스가 코앞으로 다가왔다. 크리스마스이브에 휴가를 내서 빈소의 홀 스태프로 일할 여직원이 모자라면 곤란하다고 생각했나 보다.

요코 선배가 웃으면서 말했다.

"시나 씨, 올해도 이브에 당첨됐어? 지지리 운도 없지."

시나 씨는 벽에 있는 큼지막한 화이트보드로 가더니, 자신이 담당할 장례식 일정을 써 넣었다. 화이트보드에는 2층, 3층, 4층의 빈소별로 오늘 이후의 5일간 일정을 쓸 수 있도록 되어 있었다.

그는 24일의 3층 칸에 '미요시 가'라고 쓰고는 그 옆에 본인 이름이 적힌 자석을 놓았다. 이 화이트보드를 보면 반도회관 각 층의 상황을 한눈에 알 수 있다.

"당첨됐다기보다 매년 나한테 떠넘기는 것 같아."

그는 한숨을 쉬면서 의자에 앉았다.

"원래 말단은 고달픈 법이지. 좋아. 데이트할 상대도 없으니까 올해도 도와줄게. 여기서 독경을 듣는 게 연례행사거든."

다시 말해, 두 사람 다 해마다 여기서 크리스마스를 보내는 것이다.

"시미즈 씨도 괜찮아?"

시나 씨가 의자를 빙글 돌리고는, 기대에 가득 찬 눈으로 나를 바라보았다.

"물론 괜찮아요."

"다행이다! 큰 추모식은 아니지만 두 사람이 있어주면 안심이야. 끝나면 같이 케이크라도 먹자."

"캔들은 여기에도 많으니까 얼마든지 켜놓을 수 있어."

"여기에 있는 건 캔들이 아니라 초거든!"

"색깔은 하얗지만 캔들이나 초나 똑같지 뭐."

서른 살을 앞두었다는 공통점이 있어서 그런지, 시나 씨와 요코 선배는 유난히 친해서 항상 가벼운 농담을 주고받는다.

화이트보드의 24일 칸에 홀 스태프로서 나와 요코 선배의 이름을 써 넣은 뒤, 시나 씨는 주차장으로 시선을 돌렸다.

"우루시바라 선배가 왔네."

덩달아 내 시선도 그쪽으로 향했다. 야나기사와 레이코 씨의 장례식에서 벌써 한 달 가까이 지났는데, 그 후에는 우루시바라 씨를 한 번도 보지 못했다.

"요즘은 우루시바라 씨를 거의 못 봤네요. 주로 외부 장례식을 맡으셨나 봐요?"

유족의 요청으로 자택이나 절, 동네 자치회관 같은 곳에서 장례식을 하는 일도 드물지 않다. 항상 반도회관에 있는 나와 함께 일할 기회가 없는 건 어찌 보면 당연한 일이다.

요코 선배가 시나 씨와 얼굴을 마주 보고 나서 말했다.

"우루시바라 씨는 우리 회사 사람이 아니야. 3년 전쯤 반도회관에서 독립했거든."

나는 지금까지 그가 반도회관 장례부 직원인 줄 알았다. 3년 전이라면 내가 막 아르바이트를 시작했을 무렵이다. 그전에 독립했다면 일주일에 며칠밖에 오지 않은 내가 보지 못한 것도 이상할 게 없다.

"장례부 직원이 독립하는 건 그렇게 드문 일이 아냐. 그런데 우루시바라 선배가 담당하는 장례식은 거의 반도 사장님이 넘겨준 거라서, 반도회관의 지점이라고 해야 할까? 외부 현장도 많지만 여기에도 자주 얼굴을 내밀고 있지."

평소에 계속 사무실에 있어서 자세히 아는지, 요코 선배가 재빨리 덧붙였다.

"여기에 있을 때부터 사장님 부탁으로 특별한 일을 많이 했거든. 사장님이 워낙 좋아하기도 하고."

"그래. 그런 장례식은 역시 선배밖에 할 수 없어. 난 하라고 해도 못 하거든. 내가 가장 존경하는 선배지."

"그건 그래. 일을 완벽하게 마무리하니까."

시나 씨와 요코 선배는 서로 마주 보며 고개를 끄덕였다.

"주로 어떤 일을 하는데요?"

나는 무심코 몸을 앞으로 내밀었다.

"너랑 같은 부류라고나 할까?"

나에게 영감이 있다는 걸 알고 있는 요코 선배가 어깨를 들썩였다.

"그럼 우루시바라 씨도……."

선배가 재빨리 내 말을 가로막았다.

"쉿! 우루시바라 씨가 들어와."

문이 열리고 우루시바라 씨가 빈 골판지 상자를 몇 개 들고 들어왔다. 우리는 그에 관해 말하지 않은 것처럼 태연한 얼굴로 한목소리로 인사했다.

"오셨어요?"

"그래." 우루시바라 씨는 골판지 상자를 내려놓더니 우리를 힐끔 쳐다보며 차갑게 말했다. "아직 남아 있었어? 도모비키 전날인데 일찍 안 가고 뭐해? 참 한가한 녀석들이군."

시나 씨가 발끈한 얼굴로 되받아쳤다.

"하여간 입만 열면 까칠하게 말한다니까. 전 외부 미팅을 마치고 지금 막 돌아온 참입니다. 더구나 오늘 밤은 숙직이죠. 선배는 현장에서 오시는 겁니까?"

"그래. 현장 일을 마치고 상주 집에 불단을 설치해드린 뒤, 정산까지 마치고 오는 길이야. 너희 사장님은 나한테 골치 아픈 일만 떠넘긴다니까. 일단 보고하고 올게. 지금 계셔?"

얼마나 바쁜지 과시하듯 그는 단숨에 말했다.

"네, 사장실에 계세요."

요코 선배가 사무실 안쪽을 가리켰다.

"아카사카 씨, 따뜻한 커피 부탁해. 현장이 절이라서 몸이 차가워졌어."

"네, 우루시바라 씨를 위해 따뜻한 커피를 준비해놓을게요."

그는 가볍게 콧소리를 내고 안쪽 문으로 사라졌다. 향 냄새가 코끝을 스쳤다.

문이 닫힌 걸 확인한 뒤, 우리는 깊게 숨을 내쉬며 어깨의 힘을 뺐다. 우루시바라 씨가 있으면 아무 일이 없어도 항상 마음이 조마조마하다.

"우루시바라 씨는 항상 저런 식인가요? 추모식이나 유족 앞에서 말할 때하곤 딴사람 같아요."

내 말을 듣고 시나 씨와 요코 선배가 마주 보며 웃음을 터뜨렸다.

"너도 벌써 알아차렸어? 우리 일은 인상이 중요하니까 유족들 앞에서는 양의 탈을 뒤집어쓰고 있지. 저게 본모습이야. 평소에도 일할 때처럼 온순하고 다정하면 참 좋을 텐데."

요코 선배의 말에 시나 씨도 웃음을 집어삼키면서 동의했다.

"그 차이를 보면 다들 깜짝 놀라지. 일할 때는 우리에게도 정중하게 말하고 현장 스태프에게도 세심하게 신경 쓰는 데다 붙임성도 좋거든. 분위기도 잘 파악하고, 금세 사람들 사이로 녹아들고 말이야."

그런 사람을 교활하다고 하지 않던가?

"반대로 말하면, 선배는 마음을 허락한 사람이 아니면 차갑게 대하지 않아. 즉, 선배가 차갑게 대하면 좋아해도 된단 뜻이야. 익숙해지면 냉정한 모습이 오히려 기분 좋게 느껴지지."

"그래, 미소라. 원래 그런 사람이란 걸 알면 무슨 말을 들어도 괜찮거든. 오히려 대화가 즐거워지기도 하고."

요코 선배는 아직도 웃음을 그치지 않고 커피 메이커에 새 커피콩을 넣었다.

두 사람 모두 우루시바라 씨의 독설을 싫어한다고 생각했는데 그렇지 않은 모양이다. 그가 어떻게 일하는지 알고 있는 만큼 일을 잘한다는 말은 부정할 수 없었다.

따뜻한 커피를 달라고 해놓고 그는 30분이 지나도 사장실에서 나오지 않았다. 우리는 다시 이런저런 잡담을 나누었고, 바깥은 어느새 완전히 어두워졌다.

요코 선배가 말했다.

"슬슬 배도 고픈데, 이제 그만 집에 갈까?"

그러면 나만 남아 있는 것도 이상하다. 우리는 숙직인 시나 씨를 남기고 집에 가기로 했다.

한밤중이든 새벽이든, 어디선가 사람이 죽으면 장례 업자에게 연락이 온다. 그러면 드라이아이스를 들고 뛰어가거나 병원으로 시신을 모시러 가야 한다. 장례 업자도 꽤 힘든 일이다.

"시나 씨, 커피는 보온으로 해둘 테니까 우루시바라 씨가 나오면 따라줘. 그럼 먼저 갈게."

"알았어. 수고했어."

오늘 미팅했던 고객의 견적서를 작성하던 시나 씨는 시선만 들고 웃는 얼굴로 배웅해주었다.

"시나는 처음 입사해서 수습사원일 때, 우루시바라 씨와 콤비로 일했거든. 하나부터 열까지 전부 우루시바라 씨한테 배웠다고나 할까? 그래서 지금도 우루시바라 씨에게는 찍소리도 못 해."

반도회관을 나와 지하철역으로 이어지는 완만한 언덕길을 걸으면서 요코 선배가 말해주었다. 본인이 없는 곳에서는 친밀함을 담아 '씨' 자를 붙이지 않고 '시나'라고만 부른다.

"그래서 가장 존경하는 선배라고 하셨군요."

"계속 현장을 같이 돌아다녔으니까. 지금은 혼자 훌륭하게 해내고 있지만 처음에는 너무 긴장하는 바람에 보는 사람이 조마조마할 정도였거든. 그때마다 우루시바라 씨가 단점을 지적해줬어. 그 사람, 일에는 아주 엄격하니까."

일만 아니라 평소에도 굉장히 엄격할 것 같다. 몰래 새어나온 나의 쓴웃음을 눈치채지 못한 채 선배는 "그럼 다음에 봐"라고 손을 흔들며 발길을 돌렸다. 선배의 집은 반도회관 근처다.

바로 옆에는 조명이 켜져서 한겨울의 밤하늘처럼 차가운 빛을 두른 스카이트리가 우뚝 솟아 있었다. 전망 데크에도, 바로 밑의 상업 지구에도 수많은 사람들이 발 디딜 틈도 없이 들어서 있으리라. 통유리로 된 건물은 크리스마스를 앞에 두고 색색가지 아름다운 빛을 뿌리고 있었다.

내가 태어나고 자란 이 거리도 몰라보게 바뀌고, 예전에는 상상도 하지 못할 만큼 화려해졌다.

입에서 토해낸 숨이 하얗게 퍼지더니 빛에 섞여서 사라졌다. 나는 숨결 너머에 있는 사람들의 흐름을 바라보았다. 관광지라서 그런지 가족이나 커플들이 즐겁게 웃으면서 지나갔다. 이 광경을 보면 항상 살아 있는 사람의 세계로 돌아왔음을 실감한다.

바로 근처에 있는 반도회관은 이 밝은 세계와 모든 면에서 천지 차이다. 세상의 소란스러움에서 격리된, 엄숙한 이별 의식을 치르는 장소. 즉, 비일상적인 세계다.

빈소 전체에 떠다니는, 결코 사라지지 않는 슬픔의 기척이 나를 에워싸고 있어서, 항상 긴장하며 움찔거려야 한다. 요코 선배는 향 연기가 떠다니는 비일상적인 분위기를 좋아한다고 했는데, 아마 나처럼 기에 민감하지 않기 때문이리라.

그래도 나는 반도회관의 일을 좋아한다.

이 세상에 태어난 이상, 어떤 사람이라도 언젠가는 반드시 죽음을 맞이한다. 아무리 의학이 발전했다 해도 인간에게는 반드시 끝이 있다. 남겨진 사람들은 죽은 자를 애도하고 슬퍼하고 배웅하며 가끔은 삶에 대해 생각한다. 면면히 이어지는 슬픔의 감정은 시대와 관계없이 앞으로도 계속될 것이다. 인간의 그런 근본적인 부분을 받아들이는 공간이 바로 반도회관이다.

많은 사람들에게 가장 중요한 마지막 시간. 그 시간에 관여하는 게 나에겐 매우 숭고한 일처럼 여겨졌다.

"아름답다……."

나는 다시 스카이트리를 올려다보고 누구에게랄 것도 없이 중얼거렸다. 어렸을 때는 형태는 물론이고 그림자도 없었는데, 지금은 이렇게 당당하게 위용을 자랑하고 있다.

언덕 위에서 뒤를 돌아 반도회관의 검은 실루엣을 바라보았다. 오늘 밤은 추모식이 없어서 간판 조명은 꺼져 있었다. 색색가지 빛을 받은 도쿄의 밝은 밤하늘 밑에서, 수많은 작별의 마음을 담은 검은 상자가 조용히 몸을 웅크리고 있었다.

거리를 걷고 있는데 어디선가 크리스마스 노래가 들려온다. 세상이 아무리 들떠 있어도, 이날 밤에도 반도회관에는 추모식이 두 건 들어왔다.

이날은 낮에 고별식을 담당한 파트타임 직원과 교대해 오후 4시부터 일하기로 되어 있었다. 장례 업자나 멀리서 일찍 도착한 친척들로 빈소는 이미 시끌벅적했다.

유니폼으로 갈아입고 사무실에 들어갔더니 요코 선배가 손짓을 했다.

"사장실로 가봐. 사장님 호출이야."

반도 사장님은 아빠의 친구일 뿐 나하곤 특별히 가깝지 않아서, 사무실에서 만났을 때 인사하는 게 고작이었다. 사장님이 호출한 건 처음 있는 일이라, 긴장을 온몸에 담은 채 사장실로 들어갔다.

"시미즈 씨, 수고가 많지? 갑자기 오라고 해서 미안해."

사장님은 온화해 보이는 미소를 지으며 말했다.

나는 어떻게 대꾸해야 좋을지 몰라서 "평소에 저희 아버지와 친하게 지내주셔서 감사합니다"라고 말해서 한바탕 웃음을 샀다.

"갑자기 보자고 한 건 의논할 게 있어서야. 우루시바라 씨를 알고 있나?"

나는 사장님 입에서 나온 이름을 듣고 깜짝 놀랐다.

"네, 며칠 전에 일을 도와드렸어요."

"그랬나? 우루시바라 씨는 정식으론 우리 직원이 아닌데, 이번 장례식에 꼭 자네를 빌려달라고 하더군. 일 자체는 내가 맡긴 거니까 가능하면 자네가 도와주면 좋겠는데 할 수 있겠나?"

"우루시바라 씨가 저를 빌려달라고 했다고요?"

깜짝 놀라서 나도 모르게 되물었다. 사장님은 고개를 크게 끄덕였다.

"그래, 자네를 붙여달라고 하더군. 외부 현장이라서 자네 뜻을 확인하고 싶어서 오라고 했네."

"그건 상관없지만……."

어째서 나일까? 외부 현장에 사람이 필요하다면 요코 선배도 있고, 다른 베테랑 스태프도 있는데.

"다행이군. 내일 24일의 추모식과 다음 날의 고별식이야. 나중에 우루시바라 씨가 올 테니까 자세한 건 그에게 직접 듣게."

날짜를 듣고 '아뿔싸!' 하는 생각이 들었다. 내일은 시나 씨의 일을 도와주기로 하지 않았던가.

"사장님, 모처럼 말씀 주셨는데 24일은 이미 시나 씨의 추모식을 도와주기로 했습니다……."

"시나 씨? 아마 여기 3층에서 가족들끼리 하는 추모식이었지?"

사장님의 머릿속에는 장례식 일정과 규모가 전부 들어있는 듯했다.

"괜찮아. 여기 추모식은 다른 스태프에게 부탁하지. 시나 씨에게는 내가 사과해두고. 그러니까 자네는 우루시바라 씨 쪽에 합류해주게."

"……네, 그럼 그렇게 할게요. 그럼 시나 씨에게 말씀 잘 부탁드립니다."

사장님 말씀이라면 시나 씨도 불평할 수 없을 것이다. 나도 따로 사과하는 수밖에 없다.

추모식 준비도 있어서 고개를 숙이고 나오려는데 사장님이 다시 나를 불렀다.

"일을 잘한다고 칭찬이 자자하더군. 자네가 있으면 안심이라고 담당자들도 모두 그랬어. 참 고마운 일이야. 역시 시미즈의 딸이라니까. 다음에 자네 아버지에게 고맙다고 인사하지."

생각지도 못한 말을 듣고 나도 모르게 입꼬리가 올라갔다.

우루시바라 씨가 나를 선택했다……. 그렇게 생각하자 갑자기 마음이 들뜨고 빨리 요코 선배에게 말하고 싶어서 견딜 수 없었다. 하지만 안타깝게도 서로 빈소가 달라서 일반 조문객이 어느 정도 돌아가고 친척들이 식사 자리로 들어가 조금 진정되었을 무렵까지 만날 수 없었다.

한숨 돌리고 찾아갔을 때, 요코 선배는 제단 앞에서 분향기 안의 재를 청소하는 참이었다. 재를 털어내고 타고 남은 향을 정리하는 것이다.

"미소라, 그쪽은 좀 진정됐어?"

"네, 제 쪽은 유족분들이 다들 가까운 곳에 살아서 이제 곧 집으로 가신대요."

"이쪽은 지금 담당자가 숙박 인원수를 확인하고 있어. 멀리서 온 친척이 있어서 숙박은 확실하거든. 목욕할 준비도 해야 하고."

반도회관은 유족이 묵을 수도 있다. 숙박할 사람이 있으면 침구를 대여해오거나 요리부에 아침 식사를 준비해달라고 말해놓는 등 할 일이 늘어난다.

새로운 재가 평평해진 걸 만족스럽게 바라본 뒤, 선배가 목소리를 죽이며 물었다.

"사장님이 뭐래? 그게 마음에 걸려서 일이 손에 잡히

지 않았어."

사장실에서 나왔을 때, 요코 선배는 이미 2층 빈소로 갔던 것이다. 장난스럽게 말하긴 했지만 선배가 일을 대충하지 않는다는 건 잘 알고 있다.

"우루시바라 씨 장례식을 도와주라고 하셨어요."

요코 선배는 원래 큰 눈을 더욱 크게 뜨고 나를 바라보았다. 그 표정을 본 순간, 들뜬 마음이 급속히 시들면서 불안이 싹텄다.

"그렇게 놀라운 일인가요?"

"그게 아니야. 드디어 너의 재능을 높이 샀다는 생각이 들어서……."

"재능요?"

"영감이라고 할까? 나에겐 그런 게 없어서 잘 모르지만 넌 가끔 느끼고 있잖아? 여기에서도 기척이라든지."

"가끔인데요 뭐. 그게 우루시바라 씨의 일과 관계가 있나요?"

"이건 어디까지나 내 생각인데 그렇지 않을까? 우루시바라 씨는 모든 걸 혼자 하고 있어서 상당히 힘들 거야. 반도회관의 장례식장을 사용하면 스태프가 세트로 따라가지만, 외부 현장은 그렇지 않으니까. 그만큼 네가 마음에 들었고 믿을 수 있다는 방증이야."

황급히 말하는 선배가 너무도 수상쩍게 보였다. 대충 얼버무리려고 하는 것이 눈에 뻔히 보였다. 너무 경솔하게 떠맡은 게 아닐까 싶어 점점 불안해졌다.

급격히 기운을 잃어버린 나를 보고 선배는 격려하듯 미소를 지었다.

"그렇게 불안해할 거 없어. 우루시바라 씨는 멋있기도 하고 공부도 될 테니까." 그리고 선배답게 내 어깨를 가볍게 두드리더니, 마지못해 고개를 든 나를 북돋아주기 위해 덧붙였다. "잘생겼다든지 그런 게 아니라 행동이 멋있다는 거야. 일도 놀라울 만큼 잘하고. 난 옛날부터 우루시바라 씨가 담당하는 장례식에 배치될 때마다 행운이라고 생각했거든."

"선배는 검은색 정장이 잘 어울리는 사람을 좋아하니까요."

"헤헤헤."

어느새 본론에서 벗어나 엉뚱한 이야기로 이어졌지만, 나는 가장 중요한 이야기를 꺼냈다.

"우루시바라 씨 장례식은 내일, 즉 크리스마스이브예요. 시나 씨 장례식을 도와드리겠다고 했는데 죄송해요."

고개를 숙이는 나를 보며 선배는 진심으로 안타까운 듯 어깨를 떨어뜨렸다.

"셋이서 케이크를 먹는 걸 기대하고 있었는데."

선배가 기대한 건 일이 아니라 케이크였던가? 그 말을 듣고 나는 웃음을 터뜨렸다.

"사장님께서 다른 스태프를 보내주신댔어요."

"크리스마스이브인데? 젊은 애들은 모두 약속이 있을 거야. 오는 건 분명히 파트타임 아주머니겠지. 아아, 힘이 쭉 빠지네……. 시나도 실망할 텐데."

선배는 어린애처럼 입을 삐죽 내밀었다.

"정말 죄송해요. 시나 씨한테도 죄송하다고 따로 말씀드릴게요."

"걱정 마. 시나는 불평하지 못할 거야. 우루시바라 씨에게 찍소리도 못하는 거 봤잖아?"

조금 전까지 안타까워했으면서 갑자기 힘차게 윙크를 했다.

담당한 빈소의 유족이 돌아간 뒤, 나는 같은 아르바이트생인 후지키와 둘이 재빨리 청소를 마치고 사무실로 돌아왔다. 후지키는 아직 학교 과제가 남아 있다고 하면서 타임카드를 찍고 서둘러 돌아갔다. 요코 선배는 아직 오지 않았다.

사무실에는 각각의 추모식 담당자와 시나 씨, 그리고 우루시바라 씨가 남아 있었다.

시나 씨가 곧바로 나를 발견하고 말을 걸었다.

"시미즈 씨, 수고했어. 내일 일에 대해 들었어. 나를 뺑차고 우루시바라 씨를 선택했다면서?"

말이 끝나기도 전에 우루시바라 씨가 시나 씨 머리에 꿀밤을 날렸다.

"괜히 트집 잡지 마. 사장님께서 절차에 따라 정하신 거니까."

"아야야, 알고 있어요. 정말 농담이 안 통하는 사람이라니까."

"우루시바라는 여전하군. 시나는 아무리 기를 써도 상대가 안 돼."

탕비실 환기팬 밑에서 담배를 피우던 2층 빈소의 담당자인 미야자키 씨가 웃음을 터뜨렸다. 골프를 좋아해서 그런지, 얼굴이 햇볕에 타서 새까맣다.

"시나, 잘됐어. 계속 우루시바라와 같이 있을 수 있어서. 우루시바라가 독립하겠다고 했을 때는 시든 배추처럼 축 늘어졌었잖아?"

3층 빈소 담당자이자 베테랑인 아오타 씨의 말을 듣고, 담배 연기를 뿜어내던 미야자키 씨가 재빨리 동의했다.

"누가 아니래? 꼭 주인에게 버림받은 강아지 같았지."

"너, 개였냐?"

우루시바라 씨가 가여워하는 눈길로 시나 씨를 바라보았다.

"그건 그냥 비유예요, 비유! 그것도 몰라요? 그 정도로 섭섭했는데, 선배는 뻔질나게 여기에 들락거리잖아요. 괜히 저만 바보 됐다고요."

이런 대화를 듣고 있는 게 즐겁다.

장례 일에서는 실수가 있어서는 안 된다……. 항상 그런 긴장감에 사로잡혀 있어서, 일이 끝난 다음의 느슨한 공기가 기분 좋게 느껴졌다. 오랫동안 일해온 만큼 이 사람들은 나보다 더 절실하게 느낄 것이다.

여기 직원들은 장례를 의뢰한 유족에게 한 번뿐인 소중한 의식을 만들어주는 사람들이다. 결코 저렴하지 않는 비용이 합당한가 여부는 장례식이 얼마나 원만하게 진행되었는지는 말할 것도 없고, 작은 부분까지 세심하게 배려했는지를 보고 엄격하게 평가한다. 유족의 마음에 조금이라도 들지 않으면 어마어마한 클레임이 들어오기도 한다. 반도회관처럼 좁은 지역 사회에서 운영하는 장례식장에는 한 번의 실수가 회사 전체에 악영향을 미칠 수도 있다.

우루시바라 씨가 일어나더니 탕비실 쪽으로 다가갔다.

"담배 피우러 가세요?"

그렇게 물어보자 미야자키 씨와 교대로 환기팬 밑으로 간 아오타 씨가 담배를 입에 문 채 라이터를 찰칵거리면서 말했다.

"이 녀석은 담배 안 피워."

우루시바라 씨는 컵에 커피를 따르며 베테랑인 아오타 씨 앞에서 당당하게 말했다.

"건강을 해치는 것엔 관심이 없습니다. 솔직히 말하면 냄새가 몸에 배는 것도 싫고요."

말투는 정중했지만 말의 내용을 볼 때 정중함은 아무런 의미도 없었다.

"역시 우루시바라 선배한텐 아무도 못 당한다니까."

시나 씨의 중얼거림을 듣고 모두가 웃음을 터뜨렸다.

우루시바라 씨는 혼자 진지한 얼굴로, 이제 막 내린 커피를 따라 내게 잔을 내밀었다. 그러자 시나 씨가 입을 떡하니 벌리며 황당한 표정을 지었다.

"세상에, 신기한 일도 다 있네요. 선배가 커피를 따라주다니!"

"일을 맡아준 것에 대한 보답이야. 나도 이 정도는 해."

우루시바라 씨는 차가운 눈길로 시나 씨를 흘깃 노려보고 나서 나를 향했다.

"급하게 부탁해서 미안하고, 내 일을 해준다고 해서 고마워."

"제가 해낼 수 있을지 불안하긴 합니다……."

나는 커피 잔을 받으며 솔직하게 말했다.

"요전에 일하는 모습을 보고 특별히 부탁한 거야."

"사장님에게 억지로 떼를 써놓고는……."

시나 씨가 질리지도 않고 깐족거려서 우루시바라 씨에게 비난의 눈길을 받았다.

"시나, 그런 식으로 말하면 시미즈 씨가 괜히 오해하잖아. 우루시바라 씨는 우리 외부 조직이나 마찬가지라서 당연히 사장님에게 부탁할 권리가 있어. 이번 일도 사장님이 맡긴 거지?"

상황을 지켜보던 미야자키 씨가 웃으면서 말했다.

"저도 완벽하게 독립하고 싶습니다."

차갑게 대꾸한 우루시바라 씨를 보며, 이번에는 아오타 씨가 진지하게 말했다.

"안 돼, 그러면 우리가 곤란하지."

우루시바라 씨는 아무리 봐도 30대 중반이다. 왜 나이도 훨씬 많고 베테랑인 두 사람이 한 수 접어주는 걸까? 아직 그 이유가 이해되지 않았다.

"그러면 내일 추모식에 대해 설명해도 될까?"

"네. 외부 현장이라고 들었는데, 어디로 가면 될까요?"

나 같은 홀 스태프는 기본적으로 반도회관에서밖에 일하지 않는다. 인력 파견회사에 등록해서 절이나 자택, 다른 장례식장으로 가서 안내를 하거나 상차림을 도와주는 사람도 있지만, 낯선 곳에서 일하는 건 처음이라 불안이 온몸으로 파고들었다.

"이번 빈소는 절이야. 상주의 보리사에서 하기로 했어. 시신은 어제 입관을 마쳤는데, 당일까지는 자택에 두기로 했고. 걱정하지 말고 내일은 여기로 데리러 올게. 반도회관 유니폼을 입어도 상관없어."

담담하게 설명하는 우루시바라 씨를 보고 미야자키 씨가 물었다.

"시신이 자택에 있어? 이 장례식이 들어온 게 그제였

지? 최근에는 모든 걸 장례식장에 맡기는 유족이 많은데 웬일이지? 절에 영안실이 없으면 시신을 여기서 맡을 수도 있잖아? 아직 빈자리가 있지?"

"유족이 그렇게 원했습니다. 오늘도 드라이아이스를 추가하고 왔죠."

"유족이 고인을 떠나보내고 싶지 않은가 보네요."

내가 별생각 없이 말하자 우루시바라 씨가 고개를 끄덕였다.

"그래. 그래서 네가 필요해."

"네?"

나는 이해가 되지 않아서 고개를 갸웃거렸다. 하지만 무슨 이유인지 그 후에는 시나 씨도 베테랑 두 분도 입을 다물었다. 어딘지 모르게 이해한 얼굴로 묵묵히 남은 일을 할 뿐이었다. 별안간 사무실이 조용해졌다.

"우루시바라 씨, 내일은 몇 시에 오면 되나요?"

"준비부터 도와줬으면 하니까 점심시간 전이 좋겠군. 11시는 어때? 내일 낮에 고별식을 하기로 되어 있나?"

"아니에요. 낮에는 파트타임 분들이 나오니까 추모식만 할 예정이었어요."

"그렇다면 문제는 없겠군. 사장님께서 이동 시간도 근

무 시간에 포함하라고 하셨어. 여기서 타임카드를 찍고 가면 돼."

"네, 잘 부탁드립니다."

"내일은 외부 현장이라 낯설어서 조금 힘들 거야. 집에 가서 편히 쉬어둬."

반박할 수 없는 말투에 압도된 나는 사무실을 뒤로한 채 집으로 향했다.

우루시바라 씨가 시킨 대로 서둘러 귀가해 저녁도 먹는 둥 마는 둥 하고 욕조로 들어갔다. 코끝까지 물에 잠겨 있자 서서히 흥분이 올라오는 게 느껴졌다. 사장님에게 칭찬을 받았다는 기쁨이 외부 현장에서 일해야 한다는 불안보다 더 컸다.

천천히 목욕을 마치고 곧바로 잠들려고 했지만 흥분으로 인해 눈이 말똥말똥하더니, 결국 제대로 잠을 이루지 못하고 몽롱한 상태에서 자명종 소리를 듣고 일어났다.

멍한 머릿속에는 어젯밤의 흥분과 반대로, 우루시바라 씨의 기대에 부응할 수 있을까 하는 불안감이 가득했다. 새벽에는 언니 꿈을 꾼 것 같기도 하다.

엎친 데 덮친 격으로 날씨까지 최악이었다. 평소에는

커튼 사이로 아침 햇살이 쏟아졌는데 지금은 저녁처럼 어두컴컴했다. 밖을 내다보니 예상한 대로 두터운 구름이 하늘을 뒤덮고 있었다. 무겁고 어두운 구름에서는 지금이라도 빗방울이 떨어질 것 같았다.

'크리스마스이브인데…….'

세상에는 오늘을 기대하는 사람들이 많을 텐데, 하고 남의 일처럼 그들을 동정했다.

반도회관에 도착할 무렵에 한두 방울씩 비가 내리기 시작했다. 비는 곧장 본격적으로 쏟아지면서 약간 남은 땅의 온기를 씻어내렸다. 차가운 바람에는 눈 냄새가 깃들어 있어서, 이 상태에서 더욱 추워질 것 같은 느낌이 들었다.

꽤 일찍 도착했다고 생각했지만 주차장에는 이미 우루시바라 씨의 차가 주차되어 있었다. 마쓰다의 검은색 SUV였다. 차를 힐끔 쳐다보고 나서 사무실로 들어갔다.

"안녕하세요."

"왔나? 그럼 오늘 잘 부탁해."

우루시바라 씨가 일부러 일어서서 고개를 숙였다. 나는 깜짝 놀라 눈을 휘둥그레 떴다. 평소의 오만한 태도와 달리 업무적인 예의는 확실한 사람 같았다. 나도 정중하게 고개를 숙였다.

"조금 이르지만 갈까? 2층 고별식의 출관과 겹치면 안 되니까."

그는 재촉하듯 일어서서 황급히 사무실을 나갔다.

밖으로 나왔더니 마침 영구차와 소형 버스, 콜택시가 주차장으로 들어오는 참이었다.

주차 요원의 입에서 하얀 숨결이 새어나오고, 비옷도 흠뻑 젖어서 물방울이 떨어지고 있었다. 도로와 주차장에는 어느새 빗물이 흐르는 길이 생겼다. 이런 날에는 추모식도 고별식도 더욱 처절하게 보인다.

"이런 계절엔 비 오는 게 싫어. 날씨가 더 추워지니까."

그는 차의 시동을 켜고 와이퍼를 작동시켜 빗방울을 떨쳐냈다.

나는 몹시 긴장한 채 조수석에서 딱딱하게 굳어 있었다. 따뜻한 바람이 나오기까지 시간이 걸려서 유니폼 위에 코트를 입고 있어도 추웠다.

차가 달리고 나서야 겨우 입을 열었다.

"어느 절이에요?"

"고쇼지. 사토미 아버님의 절이지."

고토 구에 있는 고쇼지는 오래된 주택이 많은 기요스

미시라카와 지하철역에서 가깝다. 반도회관이 있는 오시아게 역에서도 그렇게 멀지 않다. 가본 적은 없지만 아는 절 이름이 나와서 마음이 조금 놓였다.

"아, 사토미 주지스님인가요? 아니면 지난번에 만났던 아드님……."

나는 몹시 밝고 붙임성 좋은 스님을 떠올렸다.

"그래, 그때 만났던 사토미야. 불안해?"

그는 마침 빨간 신호에서 브레이크를 밟고 내 얼굴을 쳐다보았다. 나는 황급히 고개를 가로저었다.

"그렇지 않아요. 다만 그분이 독경을 하는 건 왠지 상상이 안 돼서……."

굳게 다문 그의 입술이 살짝 벌어졌다. 알아보기 힘들지만 미소를 지은 모양이다.

"조금 가볍게 보이지만 스님으로서는 아무런 문제가 없으니까 걱정 마."

"이번 상갓집은 고쇼지의 단가라고 하셨죠? 주지스님이 아니라 아드님이 해도 되나요?"

"이번 장례식에는 사토미가 적임이야."

이유는 모르겠지만 그는 딱 잘라서 말했다.

"이 주변엔 절이 참 많네요. 오랜 역사가 있는 지역이라서 그런가요? 오래된 집도 많은 걸 보면 단가 제도도 비교적 많이 남아 있겠군요. 저희 집안은 대대로 혼조 주변에서 살았거든요. 지금도 할머니께서 불단을 지키고 계시고, 항상 가는 절이 있어요."

"그러면 갑자기 일이 생겨도 안심할 수 있겠군."

"불길한 말은 하지 마세요!"

그나저나 예상한 대로 과묵한 사람이다. 말을 걸면 대꾸는 하지만, 간단명료하게 대꾸할 뿐이라서 대화가 이어지지 않는다. 어떤 사람인지 지금도 알 수 없다.

이동하는 중에라도 '오늘 장례식에는 조금 사정이 있다'고 하면서 나를 지목한 이유를 말해주지 않을까 기대했는데, 그런 기적은 털끝만큼도 느껴지지 않았다. 원래 침묵을 견디지 못하는 나는 말없이 앞을 바라보는 남자에게 과감하게 물어보기로 했다.

"절에서 하는 장례식은 처음이에요. 저는 뭘 어떻게 하면 되나요?"

"일반 장례식장에서 하는 것과 똑같아. 필요한 게 있으면 내가 말해줄게. 가족들끼리 하는 작은 장례식이니까 그렇게 걱정할 필요는 없어. 이제 곧 도착할 거야."

창밖으로 시선을 돌리자 기요스미 거리에서 어느새 옆

길로 들어가 좁은 길을 달리고 있었다. 주택가이지만 여기저기에 절이 있었다. 차를 세운 곳은 그중에서 가장 큰 절 앞이었다. 웅장한 문에 '고쇼지'라는 글자가 보였다.

"주차장까지 있어요? 사토미 씨가 이렇게 훌륭한 절에서 오시는 줄 몰랐어요."

깜짝 놀라 솔직하게 말했더니 그는 웃음을 터뜨렸다.

"꽤 오래된 절이라고 들었어. 단가도 상당히 많다고 하더라고. 옛날부터 땅을 많이 가지고 있었겠지. 차는 맨 안쪽에 세울게. 우산 들고 내려."

추모식을 비롯해 장례식에는 장례 업자나 유족, 조문객까지 사람들이 연신 드나든다. 차가 방해되지 않도록 하려는 배려이리라.

"들어가자."

"네."

출발했을 때보다 빗발은 조금 약해졌으나 그칠 기색은 없었다.

그는 검은 우산을 쓰고 익숙한 발걸음으로 몸채로 이어지는 정원의 자갈길을 걸어갔다. 그러고는 넓은 현관 앞의 차양 밑에서 우산을 접고 초인종을 눌렀다.

그렇게 많지는 않지만 정원의 나무들이 촉촉한 비를

맞으며 주변 풍경에 녹아들어 한 폭의 수묵화를 만들었다. 이런 시기라서 그런지, 유난히 쓸쓸하고 고독한 풍경처럼 보였다.

불투명한 유리가 끼워진 나무문이 열리고 우아한 노년의 여성이 얼굴을 내밀었다. 사토미 씨의 어머니인지 어딘지 모르게 분위기가 비슷했다.

"오늘과 내일, 잘 부탁드립니다."

우루시바라 씨가 깊숙이 허리를 숙이고 인사하자 여성도 정중하게 대꾸했다.

"이쪽이야말로 잘 부탁해요." 그런 다음에 자세를 바로하더니 안쪽을 향해 목소리를 높였다. "미치오!"

"갑니다!"

복도 안쪽에서 밝은 목소리가 돌아왔다. 타닥타닥 다급한 발소리가 이어지고 사토미 씨가 만면에 미소를 지으며 나타났다. 뛰어온 탓인지 약간 숨을 헐떡였다.

"미치오, 차분하게 다녀야지. 경박하게 무슨 짓이니?"

어머니에게 야단을 맞고 사토미 씨는 쑥스러운 미소를 지었다.

"시미즈 씨를 또 만날 수 있다고 생각했더니, 너무 좋아서 가만히 있을 수가 있어야죠."

우루시바라 씨는 어이없는 표정을 지으며 작게 한숨을 내쉬었다.

그 모습에 긴장감이 날아가면서 나는 멍하니 입을 벌렸다. 사토미 씨는 그런 나를 보면서 가볍게 미소를 지었다.

"이번 장례식을 맡았어. 잘 부탁해."

"형들은 안 그런데, 얘는 왜 이렇게 촐랑거리는지 모르겠어요. 나이도 먹을 만큼 먹었는데⋯⋯. 이런 아들이라서 부끄럽지만 잘 부탁할게요, 우루시바라 씨."

어머니는 막내아들을 보면서 쓴웃음을 짓더니 우루시바라 씨를 향해 고개를 숙였다.

"저야말로 잘 부탁합니다."

우루시바라 씨는 진지한 얼굴로 침착하게 고개를 끄덕였다. 사토미 씨만이 여전히 봄바람처럼 생글생글 웃을 따름이었다.

"빈소의 열쇠를 주시겠습니까? 12시에는 생화부 사람들이 와서 제단을 준비할 겁니다."

"유족 휴게실은 늘 그랬듯이 몸채의 객실이면 되겠죠? 차를 준비해둘게요. 찻잔은 몇 개나 있으면 될까요?"

"친척을 포함해서 열다섯 개만 있으면 충분합니다."

"그럴게요. 시키실 일이 있으면 미치오를 마구 부려먹

으세요."

"그럼 사양치 않고 데려가겠습니다."

조금 전에는 몰랐지만 주차장과 가까운 곳에 고쇼회관이라는 작은 건물이 있는데, 그곳이 이번에 사용할 빈소인 모양이다. 긴 복도로 몸채와도 이어져 있었다. 비도 내리고 있어서 우리는 복도를 통해 고쇼회관으로 가서 자물쇠를 열었다. 커다란 공간에 현관만 있는 단순한 구조였다.

우루시바라 씨가 맨 앞에서 전등을 전부 켜면서 걸어갔다. 사토미 씨가 조용히 그 뒤를 따라갔다. 왠지 재미있는 광경이었다.

"우루시바라, 이 사람은 역시 진짜였지?"

뒤쪽에서 사토미 씨가 말을 걸었다. 나를 가리키며 말하는 것 같았다.

"그래."

"마음 든든하군."

"쓸데없는 말은 나중에 해. 저기 봐, 꽃가게 차가 도착했어. 너희 절이니까 도구는 네가 직접 가져와."

"여전히 사람을 함부로 부려먹는다니까. 그런데 고인은 언제 도착해?"

"나중에 내가 모시러 갈 거야. 입관이 끝나서 반도회관의 영구차를 수배해놨어. 1시쯤 도착할 거야. 유족보다 조금 먼저 도착하는 거지."

사토미 씨의 얼굴이 약간 흐려졌다.

"이별할 시간은 충분했을까?"

"떨어지기 힘들겠지……."

사토미 씨는 우루시바라 씨를 통해 이미 고인에 대해 들은 모양이다. 무슨 말인지 몰라서 따돌림당하는 기분이 들었지만, 어느 회사라도 단순한 아르바이트생에게 일일이 말해주는 곳은 없으리라.

"이번 장례식에 특별한 사정이라도 있나요?"

내가 조심스럽게 물어보았지만 우루시바라 씨는 곧장 눈길을 피하며 빠르게 말했다.

"사정 같은 건 없어. 평소처럼 돌아가신 분을 보내드리는 것, 그것뿐이야. 차에 물건을 가지러 가야 하니까 같이 가지."

생화부 직원이 꽃가게 차의 트렁크에서 잇따라 꽃을 꺼내고 있었다. 반도회관의 직원을 발견하자 무심코 반가운 마음이 솟구치면서 안도의 한숨을 내쉬었다. 그만큼 낯선 곳에 와서 불안했다는 증거이리라.

꽃에는 하얀색 국화와 함께 옅은 핑크색과 노란색 서양 꽃도 섞여 있었다. 빈소 규모에 비해 꽃이 많고, 더구나 모두 밝은 색깔이었다. 따뜻한 색깔의 꽃을 보고 젊은 사람이나 여성의 장례식이 아닐까 짐작했다.

나는 우루시바라 씨 차의 트렁크에서 가문의 문양이 들어간 제등과 부의록에 사용할 문구류를 들고 빈소로 돌아왔다.

빈소를 준비하는 일은 싫어하지 않는다. 중요한 일을 하기 위한 준비 단계이기 때문이다. 많은 사람의 손을 거쳐 겨우 하나의 장례식이 완성되는 것이다.

우루시바라 씨는 눈을 가늘게 뜨고 잠시 제단을 바라보았다. 꽃 사이에 꽂은 나무패의 균형이나 각도까지 세심하게 보면서 완성된 모습을 확인하는 것이다.

일본 꽃과 서양 꽃을 듬뿍 사용한 꽃 제단이 완성되었다. 조금 전까지 썰렁했던 공간이 꽃향기, 그것도 강렬한 국화 향기가 떠다니며 의식의 공간으로 바뀌었다. 이제 관이 도착하기만을 기다리면 된다.

생화부 트럭이 돌아가자 교대하듯이 영구차가 들어왔다.

우루시바라 씨는 눈을 한 번 감더니, 나와 사토미 씨를 향해 정중하게 말했다.

"그럼 모시러 다녀오겠습니다."

"잘 부탁합니다."

나는 고개를 숙이며 인사했고, 사토미 씨는 빙긋이 웃으면서 "기다리고 있을게"라고 말했다.

우루시바라 씨가 나간 뒤에는 버림받은 것처럼 하릴없이 서 있는 수밖에 없었다. 처음 온 곳이라 내가 알아서 할 수 있는 일은 아무것도 없었다. 더구나 특별히 친하지도 않은 사토미 씨와 둘만 있는 것도 어색했다.

비는 아직도 계속 내리고, 조용한 빈소에는 지붕과 창문에 부딪히는 가랑비 소리만 울려 퍼질 따름이었다. 그 정적을 먼저 깨뜨린 사람은 사토미 씨였다.

"시미즈 씨, 우루시바라가 올 때까지 30분은 걸릴 테니까 그동안 점심이라도 먹을까?"

"우루시바라 씨는 어떡하고요?"

"그 녀석은 걱정 안 해도 돼. 일할 땐 밥을 안 먹거든."

아무렇지도 않게 말하는 그의 얼굴에서는 여전히 미소가 끊이지 않았다. 그는 "잠시만 기다려"라고 말하고는 복도를 향해 종종걸음으로 달려갔다.

그러고 보니 배가 조금 고팠다. 이 시간을 놓치면 추모식이 끝나는 9시가 넘을 때까지 아무것도 먹을 수 없다.

밤까지 일해야 한다는 걸 알았는데도, 점심을 어떻게 할지는 생각지도 않았던 것이다.

잠시 후에 사토미 씨가 쟁반을 들고 돌아왔다. 쟁반 위에는 주먹밥과 달걀말이, 보온병이 놓여 있었다.

"간소하지만 어머니가 직접 만든 거야. 제법 맛있으니까 먹어봐."

그는 의자 위에 쟁반을 놓더니, 보온병에서 따뜻한 차를 따라주었다. 우리는 나란히 앉아서 주먹밥을 먹었다. 금방 만들어서 그런지 따뜻했다. 제단을 꾸미는 사이에 만든 것이리라.

"우루시바라 것도 있으니까 걱정 안 해도 돼. 하지만 그 녀석은 식이 전부 끝날 때까지 절대로 먹지 않아. 배가 부르면 집중력이 떨어진다더군. 이상한 녀석이야."

간장 맛 가다랑어포로 간을 한 주먹밥에서 참기름 냄새가 피어올라 코로 스며들었다. 안에 있는 치즈는 밥의 온기로 부드럽게 녹아 있었다. 나는 감동해서 함박 미소를 지으며 "맛있어요!"라고 말했다.

"그렇지?"

사토미 씨도 환하게 웃으며 고개를 끄덕였다.

밥을 꽉 쥐어서 만드는 우리 엄마의 주먹밥과 달리, 밥

알이 보슬보슬 풀어지는 주먹밥 덕분에 어느새 긴장도 풀어졌다.

사토미 씨에게 사람을 끌어당기는 매력이 있다는 건 처음 만났을 때부터 느꼈다. 부드러운 분위기의 힘을 얻어 그동안 마음에 걸렸던 점을 물어보았다.

"사토미 씨와 우루시바라 씨는 굉장히 친해 보여요."

"오랜 친구니까. 같은 대학을 다녔거든. 난 불교학과였고 녀석은 철학과였지만. 녀석이 장례 디렉터가 될 줄은 상상도 못 했는데 의외로 잘 어울려."

"친구인 거예요? 스님인 사토미 씨에게 우루시바라 씨가 왜 그렇게 무례하게 대하는지 계속 이상했는데, 이제야 이해가 됐어요."

사토미 씨가 쓴웃음을 지었다.

"그 녀석은 누구에게나 무례하게 대하지. 그런데 그 녀석이 직접 시미즈 씨를 스카우트했어?"

"스카우트라기보다, 도와달라고 했어요. 이 일을 혼자 하시기는 힘드니까요."

"힘든 것 좋아하시네. ……지난번 이야기 들었어."

"가방 이야기요?"

"그래."

"그건 우연히……."

"괜찮아. 나도 녀석도, 그런 건 전혀 이상하게 여기지 않으니까."

사토미 씨는 나를 똑바로 바라보며 가볍게 미소를 지었다. 그제야 모든 게 이해가 되었다.

"……우루시바라 씨도 보이나요?"

본인에게는 묻기 힘들지만 사토미 씨에게라면 물을 수 있다.

"아니, 녀석은 보지도 느끼지도 못해. 하지만 순간적으로 분위기를 파악한다고 할까? 내가 느낀 걸 나보다 훨씬 잘 이해해서 상대에게 전해주지. 그게 녀석의 재능이야."

"사토미 씨는 보인다고 하셨죠?"

"그래. 어디에 있는지 알 정도로 확실하게 보여. 시미즈 씨 곁에 있는 사람도 금방 알아차렸어. 누구야? 굉장히 귀엽게 생겼던데?"

역시 알고 있었다. 그렇다면 특별히 숨길 필요는 없다.

"제가 태어나기 전에 죽은 언니예요. 제 눈엔 보이지 않지만 가끔 꿈에 나타나죠. 언니 꿈을 꿀 때마다 기묘한 일이 일어난 탓에 꿈을 꾸기가 싫었거든요. 전 그저 기에 민감한 줄 알았는데, 역시 언니 때문이었군요."

"언니가 기묘한 상황에서 지켜주려고 일부러 알려주는 걸지도 모르지. 무서워? 아니면 보통 사람과 다른 점이 싫어? 그렇게 생각할 거 없어. 보이는 것과 느끼는 걸 그대로 받아들이면 돼. 언니가 곁에 있다니, 난 오히려 부러운데. 마음 든든하잖아?"

사토미 씨는 모든 면을 긍정적으로 받아들였다.

"어렸을 때 친구에게 말했더니, 무섭다며 저를 피하더라고요. 그다음부터는 계속 숨기게 됐어요."

"힘들었겠군. 하지만 우리 사이에선 이게 일상이니까 이제 딴사람을 신경 쓸 필요 없어."

"사토미 씨나 우루시바라 씨를 만나고 저도 생각이 바뀌고 있어요."

사토미 씨가 미소를 지으며 고개를 끄덕였다.

이제야 알았다. 레이코 씨의 가방을 들고 어찌할 바를 몰랐을 때 우루시바라 씨와 이야기를 하면서 마음이 편해진 건, 그런 현상을 이상하게 여기지 않고 자연스럽게 받아들여주었기 때문이다.

"사토미 씨……."

"왜?"

"이번에 우루시바라 씨가 저에게 도와달라고 요청한

건 혹시……."

"아마 그럴 거야."

비가 내리는 어두컴컴한 하늘과 달리 사토미 씨는 햇살처럼 환하게 웃었다. 그건 결코 그의 머리가 반들반들하다는 뜻이 아니다. 무표정한 우루시바라 씨와 달리 항상 분위기를 밝게 만들어주는 사토미 씨에게는 웃는 얼굴이 잘 어울렸다.

이번에도 평범한 장례식이 아니라는 예감이 적중했다. 몇 번을 물어도 고인에 대해 말해주지 않았던 것도 그런 탓이리라.

"우루시바라가 왔어."

쟁반을 정리하려고 일어선 사토미 씨가 주차장으로 들어오는 차를 발견했다.

드디어 고인이 도착했다.

"걱정 마. 시미즈 씨 곁에는 좋은 게 있으니까."

아무리 언니가 곁에 있다고 해도 내 힘이 무슨 도움이 된다는 걸까? 마음은 불안에 휩싸였지만 여기까지 왔으면 다부지게 행동하는 수밖에 없다.

나는 서둘러 우산을 들고 밖으로 나가, 현관 정면에서 천천히 후진하는 영구차를 기다렸다. 조금 전보다 공기가 차가워져서 그런지 입에서 나오는 숨결이 새하얬다. 하지만 뺨이 굳어진 건 추위 탓이 아니라 그만큼 긴장했다는 증거다.

정지한 영구차의 조수석에서 우루시바라 씨가 내렸다. 나는 살며시 우산을 씌워주고, 그대로 같이 영구차의 뒤쪽으로 갔다. 우루시바라 씨가 차 뒷문을 여는 동안, 검은 차체에서 튕긴 빗방울이 데굴데굴 구르며 땅으로 떨어졌다.

운전사는 반도회관에서 몇 번 얼굴을 본 적이 있는 니시자키 씨였다. 그는 운전석에서 내린 후 우루시바라 씨와 함께 천천히 관을 꺼냈다.

나이가 꽤 많은 니시자키 씨도 역시 검은색 정장 차림이었다. 나를 보자마자 살짝 놀란 표정을 짓더니, 바로 복잡한 얼굴로 눈길을 아래로 향했다. 그 이유는 금방 알게 되었다. 두 사람이 정중하게 든 관이 너무도 작았던 것이다. 관 안에서 잠든 사람은 어린아이였다.

나는 우산 접는 것도 잊은 채 한동안 멍하니 작은 관을 바라보았다. 그동안 두 사람은 현관에 미리 준비해놓은 '배'라고 불리는 수레에 조심스레 관을 내렸다.

할 일을 마친 니시자키 씨는 곧바로 돌아갔다. 우루시

바라 씨는 그의 뒷모습을 지켜본 뒤, 현관의 차양 밑에서 계속 우산을 쓰고 있는 나를 힐끔 쳐다보았다.

"뭘 그렇게 멍하니 있어? 들어가자."

나는 서둘러 우산을 접었다.

그는 말없이 배를 밀어서 관을 제단 앞에 안치하더니, 자신의 차에서 가져온 영정 사진을 제단 위에 올려놓았다. 희끄무레한 조명을 받은 영정 사진의 주인공은 아직 초등학교에도 들어가지 않았을 어린 소녀였다. 소녀의 천진난만한 웃음소리가 들리는 듯했다.

"이래서 영정 사진을 보지 못하게 하셨군요."

"그래, 이렇게 어린 소녀야. 먼저 보여주면 또 감정 이입을 할 수 있으니까."

지난번에 상주의 깊은 슬픔에 감정 이입해서 컨디션이 무너진 게 신경 쓰이는 모양이었다.

"사진 정도라면 괜찮아요."

"그런가?"

몸채에서 돌아온 사토미 씨도 작은 관과 영정 사진을 바라보았다. 항상 입가에 맴돌던 웃음은 사라지고 침울한 표정이었다.

"우루시바라, 수고했어. 유족은 어땠어?"

우루시바라 씨는 대답하지 않고 입술 끝만 약간 올릴 뿐이었다.

우리는 제단 앞에 나란히 서서 각자 향을 올리고 엄숙하게 두 손을 모았다. 향에서 천천히 연기가 피어오르는 가운데, 한동안 그대로 제단을 바라보았다.

"마지막 순간까지 집에서 같이 지내고 싶어 하는 유족의 마음도 이해가 돼요. 이렇게 사랑스러운 아이를 잃으면, 부모님은 얼마나 괴로울까요?"

"시신을 빈소에 안치하는 건 상상도 할 수 없다는 표정이었어. 더구나 태어났을 때부터 병이 있어서 오랫동안 입원했다고 하더군. 그런 만큼 집에서 같이 지내고 싶었겠지."

"그래도 아이는 이렇게 사랑스럽네요."

영정 사진의 천진난만한 웃음을 보고 있자니 가슴이 먹먹해져서 숨을 쉴 수 없었다. 자신이 병에 걸린 것도, 산다는 것도 죽는다는 것도, 아무것도 모르는 채 죽지 않았을까?

"어머니는 관에 매달려서 떨어지지 않았어. 드라이아이스로 인해 차가울 텐데, 연신 손으로 쓰다듬고 뺨을 어루만지고 머리를 빗어주고…… 오랫동안 기다리던 첫딸이었던 것 같아. 지금까지 계속 곁에서 간병해왔으니 더 견딜 수 없었겠지."

"이 아이를 위해 이를 악물고 버텨왔는데, 그 버팀목을 잃어버렸으니 얼마나 슬프겠어? 양친은 앞으로도 오랫동안 괴로울 거야. 누군가를 위해서 살면, 사람은 그것만으로 강해질 수 있지. 그걸 대신할 만한 삶의 목적이나 마음 둘 곳을 찾으면 좋으련만……" 관을 바라보는 사토미 씨의 눈이 가늘어졌다. "그런데…… 아이도 아직 잘 모르는 것 같아."

"역시 그래?"

"그래. 텅 비어 있어."

"집에 있나 보군."

우루시바라 씨의 표정이 심각해졌다.

무슨 말을 하는지 짐작이 되었다. 아르바이트를 하면서 알게 되었는데, 시신에는 살았을 때의 기의 흔적이 남는 법이다. 하지만 이 작은 시신에서는 아무것도 느낄 수 없었다.

다시 말해, 이 아이는 자신이 죽었다는 사실을 모르고 있다. 그로 인해 아이의 영혼은 아직 부모님 곁을 떠나지 않은 것이다.

"유족은?"

"4시에는 올 거야."

"같이 올까?"

"그렇겠지. 엄마와 떨어지지 않을 테니까."

"어떻게든 떨어뜨려야 해."

사토미 씨가 팔짱을 끼고 생각에 잠겼다.

"그래, 그렇게 하지 않으면 안 돼. 예상은 했지만, 그래도 아이가 먼저 오면 잘 얘기할 수 있을 것 같았는데……. 유족과 같이 있는 상황에서 아이를 설득할 수 있을까?"

"사토미 씨, 스님이 경을 읊어주면 좋은 곳으로 갈 수 있지 않나요?"

내 말을 듣고 사토미 씨는 머리를 가로저었다.

"그렇게 억지로 보내면 의미가 없어. 양쪽이 모두 받아들여야지. 경은 돌아가신 사람을 위한 게 아니라고 신란 성인*도 말했거든."

"『탄이초』**에 그런 말이 적혀 있었지. 그런데 넌 진언종이잖아?"

---

* 親鸞, 1173~1262, 가마쿠라 시대의 불교인으로 정토진종의 창시자.

** 歎異抄, 신란의 법어를 담은 불교 서적.

"난 공부에 매진하는 사람이라서, 다른 종파의 법어까지 공부했거든."

"하지만 여기에 없으면 어쩔 도리가 없잖아요? 지금은 준비를 완벽하게 해놓고, 상주님이 오시길 기다리는 수밖에요."

내 말을 듣고 우루시바라 씨는 고개를 끄덕였다.

"겁쟁이인 줄 알았는데, 의외로 배짱이 두둑하군."

"겁쟁이예요. 하지만 이 체질로 이런 아르바이트를 하는 이상, 그렇게 생각하는 수밖에 없더라고요. 우루시바라 씨는 어떠세요?"

우루시바라 씨는 살짝 놀란 표정을 짓더니 망설임 없이 대답했다.

"나는 보거나 느끼는 게 아니니까 무섭다고 생각한 적은 없어. 다만 이 세상에 미련이 남아 있다면 그걸 확실히 받아들이고, 가야 할 곳으로 보내줘야 한다고 생각해. 형식적인 장례가 아니라 돌아가신 분도, 남아 있는 유족도 확실히 매듭을 지을 수 있도록 하는 게 내 일이니까."

"일반적인 장례 디렉터는 그렇게까지 생각하지 않잖아요? 물론 장례식은 엄숙하게 진행하지만 그래도 어느 정도는 형식적으로 하는 것 같아요. 그걸로 충분한 경우가 많겠지만요."

우루시바라 씨는 무표정하게 나를 바라보고, 사토미 씨는 흥미진진한 눈길로 지켜보았다.

"저는 느끼긴 해도 우루시바라 씨처럼 제대로 전할 수가 없어요. 하지만 마음은 똑같아요. 돌아가신 분을 확실하게 배웅해주고 싶어요. 갈 곳을 잃어버리고 방황하는 사람들을 그냥 내버려둘 순 없잖아요? 그래서 무섭다고하면서 뒤로 빠질 수는 없어요."

사실은 나도 무섭다. 죽은 사람은 되도록 만나지 않고싶다. 하지만 이런 상황에서는 그렇게 말할 수 없어서 오기를 부리며 토해내듯 말했다.

그때 옆에서 듣고 있던 사토미 씨가 크게 박수를 쳤다.

"미소라 씨, 멋있어! 잘난 척하며 큰소리를 치지만 이일을 재미있어 하는 이 녀석과는 하늘과 땅 차이야. 미소라 씨는 진짜군."

어느새 자기 멋대로 성이 아니라 이름에 '씨' 자를 붙여서 부르고 있다.

우루시바라 씨는 옆으로 고개를 돌린 채 팔짱을 끼고태연하게 말했다.

"난 이 일이 좋아. 하지만 그렇게 훌륭한 사명감이 있는 건 아니야. 일을 하는 이상, 완벽하게 해내고 싶은 것뿐이지. 그걸 즐기는 게 뭐가 나쁘지?"

"물론 그런 것도 나쁘지는 않아. 그나저나 너와 미소라 씨, 좋은 콤비가 될 것 같군. 이 녀석 혼자라면 아무 도움이 안 되거든."

사토미 씨가 그렇게 말하며 개구쟁이처럼 히죽히죽 웃었다.

"아아, 골치 아파. 나도 차라리 너희처럼 볼 수 있으면 좋겠어. 그러면 일하기 편할 텐데 말이야."

우루시바라 씨는 부루퉁한 얼굴로 내뱉듯 말했다.

비는 그칠 기미가 없고, 창밖에는 일찌감치 어두컴컴한 밤의 기척이 떠다니고 있었다. 먹물을 흘린 것처럼 새카맣게 젖은 주차장에 미끄러지듯 자동차 불빛이 들어왔다.

"유족이 도착했군."

우루시바라 씨가 조용하게 말했다.

"그럼 나는 일단 들어가 있을게."

사토미 씨가 황급히 일어서서 복도를 향해 걸어갔다.

"가시는 건가요?"

나는 불안해져서 사토미 씨를 향해 말했다. 지금부터

죽은 소녀를 만날지도 모른다.

사토미 씨는 뒤를 돌아보며 어색한 미소를 지었다.

"오늘 밤 추모식을 진행할 승려가 얼쩡거리면 위엄이
사라지잖아?"

매정하다는 생각이 들었지만 분명히 승려는 추모식이
시작됨과 동시에 입장해야 엄숙함이 배가 된다. 더구나
지금부터는 이번 장례식 담당자인 우루시바라 씨의 영
역으로, 사토미 씨에게 의지하는 건 이치에 맞지 않는다.
괜히 나 혼자 불안해할 뿐, 우루시바라 씨는 처음부터
사토미 씨에게 기대하지 않았는지 태연하게 대처하고 있
었다.

"시미즈 씨, 일단 상황을 지켜보자. 그냥 평소처럼 하면
돼. 부탁해."

"네."

나는 고개를 끄덕이고 우루시바라 씨를 따라 현관으
로 향했다.

가랑비가 추적추적 내리는 어두컴컴한 주차장으로 먼
저 들어온 건 상주, 즉 사망한 소녀의 아버지 차량으로
보였다. 그 차량에서는 아직 젊어 보이는 남녀와 그들의
양친처럼 보이는 노년의 남녀가 내렸다.

슬픔의 공기가 짙어졌다. 그 공기를 피하듯 무의식중에 손을 이마에 올려 차양을 만들었다. 차문이 열린 순간 한탄의 기척이 검은 안개처럼 뿜어나오는 듯했다.

다음에 들어온 하얀 세단에서 내린 사람은 어느 한쪽의 양친과 형제인가? 마지막으로 들어온 택시에서는 친척으로 보이는 사람이 세 명 내렸다.

"이 사람들이 전부야. 유치원에도 다니지 않아 친구도 없었대. 더구나 가까운 사람 외에는 알리지 않은 모양이야. 관계는 없겠지만 오늘은 크리스마스이브이기도 하고."

그렇다. 아이가 있는 가정에서는 트리를 장식하고, 맛있는 음식과 선물을 준비해 가족들과 즐겁게 지내는 날이 아닌가? 크리스마스이브와 거리가 먼 이 가족의 슬픔에 젖어들 것 같아서 최대한 냉정하게 "삼가 고인의 명복을 빕니다"라고 말하며 정중하게 고개를 숙였다.

우루시바라 씨는 유족에게 말을 거는 등 장례식 담당자답게 의연한 태도를 보이면서도 위로와 자애의 표정을 잃지 않았다. 지금까지 보여주었던 차가운 표정과는 180도 다르다.

상주인 아버지와 그의 부축을 받고 초췌해진 어머니가 내 앞을 지나갔다. 두 사람이 로비에서 제단을 보았을 때였다.

"아!"

낯선 기척이 내 발밑을 스윽 빠져나갔다. 나는 깜짝 놀라 기척을 따라 제단으로 고개를 돌렸다. 우루시바라 씨도 내 시선을 따라 돌아보았다.

빈소에는 어느새 소녀의 모습이 있었다. 소녀는 넓은 공간을 처음 보고 신이 났는지, 즐겁게 웃으며 뛰어다녔다. 모습이 너무나 선명해서 같이 온 친척 아이라는 생각이 들 정도였다.

"우루시바라 씨, 저기⋯⋯."

"보입니까?"

주변에 친척들이 있어서인지, 그의 말투가 정중하게 변했다.

"여기 어린 소녀가 뛰어다니고 있어요. 바로 영정 사진의 소녀예요. 아! 팔짝팔짝 뛰고 있어요. 굉장히 기운이 넘치는⋯⋯."

작은 목소리로 말해주자 그는 확인하려는 것처럼 내 시선을 따라서 눈을 가늘게 떴다.

"넓은 곳에 와서 순수하게 기뻐하고 있는 거겠죠. 어쩌면 마음껏 뛰어다닌 적이 없을지도 모릅니다. 좁은 세계밖에 몰랐던 가엾은 아이지요."

그의 눈에는 소녀가 보이지도 않을 텐데, 마치 보이는 것처럼 다정한 눈길로 말했다.

"상주님들 눈에도 보이지 않는 것 같군요."

제단 앞에 있는 상주 부부도, 우리 바로 옆에 있는 친척도 소녀를 알아차린 기색은 없었다. 그 모습을 보면서 우루시바라 씨가 조용히 말을 이었다.

"차라리 부모님의 눈에 보였으면 좋겠습니다. 건강하게 뛰어다니는 모습은 한 번도 본 적이 없을 테니까요."

"부모님이 직접 볼 수 있다면 순순히 받아들일 수 있을 텐데요. 이별은 슬프지만 아이는 병에서 해방되어 겨우 자유로워졌으니 이제 괴로워할 필요는 없다, 라고요."

"부모님은 앞으로 그런 마음으로 살아갈 수밖에 없겠죠. 슬픔이 아무리 깊어도, 마음 한쪽에서는 아이가 죽었다는 걸 알고 있습니다. 단지 그걸 인정하고 싶지 않은 것뿐이죠." 그는 먼 곳을 바라보는 눈길로 말을 이었다. "이대로 장례식을 진행하면 조금씩 받아들일 수 있을 겁니다. 죽음은 결국 살아 있는 사람의 마음의 문제니까요. 죽음을 어떻게 인정하느냐, 어떻게 포기하느냐. 유족이 마음속으로 매듭을 지으면 대부분 죽은 사람도 받아들이는 법입니다."

차분한 말투에서는 남의 일이라고 여기지 않는 절실함이 느껴졌다. 지금까지 수많은 유족들을 봤기에 하는 말인지, 그의 경험에서 나온 말인지는 알 수 없었다.

"하지만 저렇게 어린 아이가 그걸 이해할 수 있을까요? 참 어려운 일이죠." 그는 시선을 돌리고 작은 목소리로 덧붙였다. "그걸 이해시키는 게 네 일이야."

친척들이 모두 제단 근처로 가서 그런지, 뒷말의 말투가 바뀌었다.

"네?"

"나는 상주님을 비롯해 유족을 맡을 테니까 네가 아이를 맡아. 그러려고 데려왔어."

나는 할 말을 잃었다. 자기 멋대로 역할을 나누는 건 너무하지 않은가.

"요전에는 우연히 가방을 맡은 덕분에 잘된 거예요. 제가 이렇게 어려운 일을 어떻게 해요?"

나를 너무 과대평가하는 것 같아서 항의했더니 그는 고개를 갸웃거렸다.

"있잖아?"

언니를 가리키는 말이다.

"있는 것뿐이에요."

그는 눈을 가늘게 뜨고 나를 바라보았다.

"넌 할 수 있어."

나는 말문이 막혀 심호흡을 크게 하고 나서 겨우 대꾸했다.

"노력은 해볼게요."

눈앞에서 뚫어지게 쳐다보아서 그렇게 대답할 수밖에 없었다.

유족들은 관 앞에 모여 향을 올리고 두 손을 모으거나 제단과 영정 사진을 바라보았다. 소녀의 어머니는 여기에서도 관에서 떨어지려고 하지 않았다.

"추모식이 시작될 때까지 잠시 시간이 있어. 상주님에게 인사하고 친척들을 휴게실로 안내하자."

그는 그렇게 말하고 제단 쪽으로 향했다. 나는 어쩔 수 없이 그의 뒤를 따라갔다.

제단 주위에는 슬픔의 기운이 흘러넘치고 있었다. 그 무게가 온몸을 짓눌러 숨이 막힐 정도였다. 슬픔의 중심에 있는 사람은 가장 슬퍼하고 가장 한탄하는 어머니였다.

"이걸 같이 놓아도 될까요?" 상주인 아버지가 종이봉투에서 큼지막한 강아지 인형을 꺼내면서 덧붙였다. "히나가…… 우리 딸이 좋아했던 인형입니다."

우루시바라 씨는 고개를 끄덕였다.

"물론입니다. 받침대를 가져오죠. 히나 양도 인형과 같이 있는 편이 덜 쓸쓸할 테니까요."

우루시바라 씨의 시선을 받고 작은 탁자를 가져와 관 옆에 놓았다. 아버지가 인형을 소중하게 껴안고 와서 탁자 위에 놓은 뒤, 관의 창을 들여다보도록 위치를 조정했다. 털이 길고 북실북실한 대형견을 본떠 만든 인형은 커다란 눈이 애교 있고 다정해 보였다. 군데군데 짓눌려 있는 털이 오랫동안 사랑받았음을 느끼게 했다.

"히나, 브루도 네 곁에 있어."

어머니가 관을 보고 말하자 아버지가 우리를 보면서 설명했다.

"인형 이름입니다."

우루시바라 씨는 그 상태에서 하얀 장갑을 낀 손으로 나를 가리키며 말했다.

"이번에 저와 같이 장례식을 담당하는 시미즈 씨입니다. 시키실 일이 있으면 저나 시미즈 씨에게 말씀해주시면 됩니다."

양친 모두에게 소개하려고 했지만 어머니는 관 앞에서

움직이려고 하지 않아서 어쩔 수 없었다.

"시미즈입니다. 삼가 고인의 명복을 빕니다."

"잘 부탁합니다."

아버지는 인사를 했지만 어머니는 마음을 닫았는지 나를 쳐다보지도 않았다.

"상주님, 몸채에 휴게실이 마련되어 있습니다. 추모식이 시작될 때까지 아직 시간이 있으니 친척분들을 그쪽으로 안내할까요? 차도 준비해놓았습니다."

"그게 좋겠군요. 여보, 아버님과 어머님을 모시고 휴게실로……."

"난 히나 곁에 있을래. 당신이 좀 해줘."

"알았어."

"이쪽입니다."

히나의 외할머니는 딸과 같이 빈소에 남고, 다른 사람들은 모두 휴게실로 향했다. 난방은 들어와도 천장이 높은 빈소는 결코 따뜻하다고 할 수 없어서, 따뜻한 차라도 마시고 싶었으리라. 그와 동시에 어머니의 온몸에서 뿜어나오는 슬픔의 에너지가 너무 강해서, 나처럼 민감한 사람이 아니더라도 마음이 흔들리기에 충분했다. 말은 하지 않아도 누구나 그 공간에 거북함을 느꼈을 것이다.

상주인 아버지는 친척을 배려해서인지 눈물도 보이지 않고 다부지게 행동했다. 친척들이 휴게실로 들어가는 걸 보고 나서 상주가 우루시바라 씨에게 다가와 고개를 숙였다.

"아내가 흐트러진 모습을 보여서 죄송합니다. 지금까지 딸이 전부였던 사람이거든요."

"소중한 따님을 잃었으니까 당연합니다. 그런 건 신경 쓰지 마십시오."

우루시바라 씨는 자기보다 나이 어린 상주에게 정중하게 말했다.

"감사합니다. 담당자가 우루시바라 씨라서 다행입니다. 저희가 억지를 부렸는데도 전부 받아주셨고요. 오늘까지 딸을 집에 있게 해주신 것에도 감사하고 있습니다."

"한 번뿐인 중요한 의식이니까 되도록 유족분들의 의향에 따르려고 합니다."

지친 기색이 역력했지만 그래도 미소를 잃지 않는 상주에게 우루시바라 씨는 위로의 눈길을 보냈다.

친척들은 각자 바닥에 앉아 다리를 쭉 편 채 차를 마시거나 이야기를 하고 있었다. 그 모습을 슬쩍 쳐다보면서 상주가 조심스럽게 입을 열었다.

"우루시바라 씨."

"네."

"기왕 고집을 부린 김에 하나를 더 부탁해도 될까요?"

"말씀하십시오."

"보통 이런 일은 하지 않겠지만…… 잠깐만 이쪽으로 오시겠습니까?"

친척들의 귀에 들어가게 하고 싶지 않은지, 상주는 우루시바라 씨의 소맷자락을 끌고 복도로 나갔다. 이야기 내용이 마음에 걸렸지만 나까지 따라가는 건 이상할 것 같아서 빈소로 돌아가기로 했다.

앞으로 한 시간이면 추모식이 시작된다. 과연 히나가 죽음을 받아들이도록 만들 수 있을까?

몸채와 빈소를 잇는 연결 복도는 한쪽이 넓은 창으로 되어 있었다. 몸채에서 새어나온 불빛이 창밖을 희미하게 비추었다. 그것 말고는 나무들의 그림자가 있을 뿐, 이미 깊은 어둠이 내려앉아 있었다.

밝은 도시의 밤에 익숙해서 그런지, 그 어둠이 나를 불안하게 만들었다. 성에가 얄팍하게 낀 창문은 바깥 기온이 얼마나 낮은지 보여주었다. 그때 하얀 그림자가 눈앞을 하늘하늘 가로질렀다. 어느새 비가 진눈깨비로 변했나

보다.

빈소에서는 세상을 떠난 히나의 어머니와 외할머니가 나란히 의자에 앉아 있었다. 계속 히나를 지키고 있었던 모양이다.

관에서 떨어지지 않으려는 마음은 충분히 이해할 수 있다. 지금은 영혼이 빠져나가고 육체밖에 없지만, 얼마 전까지는 온기도 있고 말도 나누었다. 태어나서 지금까지 성장하는 모습도 바라보고, 병과 싸우는 모습도 지켜보았다. 이제껏 함께 살아온 딸의 모습을 마음에 단단히 새기고 싶었으리라.

두 사람의 침울한 모습에서 눈길을 돌린 순간, 히나의 모습이 눈에 들어왔다. 쓸쓸하게 앉아 있는 어머니와 외할머니에 비해, 히나는 여전히 들뜬 모습으로 활기차게 돌아다니고 있었다.

'히나야, 넌 이미 죽었단다.'

나는 마음속으로 중얼거릴 수밖에 없었다.

히나는 의자 위에 올라가 창밖을 내다보는가 하면, 관 옆으로 달려가 엄마에게 매달리며 말을 걸었다. 얼굴에서는 환한 웃음이 떠나지 않았다. 눈이 내리기 시작했다고 말하는 걸까? 엄마가 반응을 보이지 않자 이윽고 옆에 있는 관을 들여다보며 고개를 갸웃거렸다.

바로 옆에 있는데도 엄마는 사랑하는 딸의 존재를 알아차리지 못한다. 그 모습이 안타깝기도 하고 애처롭기도 했다.

비가 눈으로 바뀌면서 기요스미 거리에서 조금 떨어진 고쇼지의 빈소는 향의 재가 떨어지는 소리까지 들릴 것처럼 조용했다.

어떻게든 히나와 말을 하기 위해, 나는 다시 창문 쪽으로 간 히나에게 천천히 다가갔다.

성에가 낀 창문 너머에서 가로등 불빛이 어렴풋이 비치고 있었다. 하늘하늘 떨어지는 눈이 그 불빛 안으로 흘러들어갔다. 끊임없이 떨어지는 눈송이는 어린 히나의 관심을 끌기에는 충분했다. 히나는 지금까지 활기차게 뛰어다닌 걸 잊어버린 것처럼 물끄러미 밖을 내다보았다.

나는 아무렇지도 않게 히나 옆에 섰다. 옆에서 바라보자 살아 있는 사람과는 다른 점이 선명하게 느껴졌다. 에너지가 약하다고 할까, 온기가 느껴지지 않았다.

희뿌연 창문을 손바닥으로 문지르자 바깥이 선명하게 보이면서, 히나가 깜짝 놀란 얼굴로 나를 올려다보았다. 실체가 없는 히나는 그렇게 할 수 없었던 것이다.

히나는 처음으로 내가 있다는 걸 알아차린 것처럼 물끄러미 바라보았다. 눈동자에는 한없이 깊은 어둠이 자리하고 있었다.

"눈이야."

나는 두려우면서도 히나의 눈길을 피하지 않은 채, 얼굴을 가까이 대고 작은 목소리로 말했다. 어머니와 외할머니가 알아차리지 못하도록.

처음으로 대화할 수 있는 상대를 만난 게 기뻤는지, 히나는 힘차게 고개를 끄덕였다. 아무리 엄마나 아빠에게 매달리며 말을 걸어도 대꾸해주지 않아서 불만스러웠던 모양이다.

나는 어색하지 않게끔 히나를 향해 미소를 짓고, 손으로 빈소의 현관문을 가리켰다.

"밖에 나가볼까? 가까이에서 눈을 볼 수 있어."

히나는 함빡 미소를 지으며 크게 고개를 끄덕였다.

현관문을 열어주자 히나는 힘차게 뛰어나갔고, 나도 서둘러 히나의 뒤를 따랐다.

세차게 부는 눈바람을 맞고 몸이 움츠러들었다. 유니폼 차림이라서 온몸이 떨릴 만큼 추웠다. 하지만 히나는 조금도 춥지 않은지, 걸음을 멈추고는 천진난만한 얼굴로 어두운 밤하늘을 올려다보았다. 나는 히나의 옆에 서서 시선을 맞추기 위해 몸을 숙였다.

눈송이는 하늘하늘 춤을 추며 천천히 떨어지더니, 젖은 땅에 닿자마자 곧장 사라졌다. 히나는 그 모습을 가만히 지켜보았다.

"히나, 눈 처음 봐?"

'응.'

"예쁘지?"

'응.'

히나를 새삼 바라본 순간, 나도 모르게 한숨이 새어나왔다. 이렇게 어린 소녀에게 어떻게 죽었다는 말을 한단 말인가? 입에서 나온 새하얀 한숨이 천천히 어둠 속으로 녹아들었다. 히나는 깜짝 놀란 얼굴로 이미 아무것도 없는 공간을 바라보았다. 자신도 후욱 숨을 토해내지만 히나의 숨은 새하얗게 변하지 않았다. 살아 있는 내 숨과는 다른 것이다. 그것이 마음에 들지 않는지, 발끈한 얼굴로 연신 숨을 내뿜었다. 보통 아이들 같으면 굉장히 사랑스러운 동작이다.

"히나, 넌 할 수 없어."

'왜?'

히나가 고개를 갸웃거렸다. 그 천진난만한 얼굴을 보자 마음이 아팠다.

"지금까지와는 달라. 넌 가야 할 곳이 있거든."

히나가 있을 곳은 여기가 아니다. 그런 사실을 어떻게 전해야 하는지 알 수 없었다.

'어디 가는데? 엄마랑 아빠랑 같이 가?'

"엄마랑 아빠는 같이 갈 수 없어. 네가 가야 할 곳은 아주 먼 곳이거든."

'싫어. 엄마랑 아빠랑 같이 집에 가고 싶어.'

가엾지만 집으로 돌려보낼 수는 없다. 나는 말문이 막혔다.

'싫어.'

"히나."

'엄마랑 아빠랑 같이 가지 않으면 싫어.'

히나는 부루퉁한 표정을 지으며 입술을 삐죽 내밀었다.

"그렇지? 혼자 가면 외롭겠지?"

어떻게 말해야 좋을지 몰라서 앞이 캄캄했다.

'집에 갈래.'

히나는 그 말을 남기고, 훌쩍 발길을 돌려 엄마 쪽으로 달려갔다. 느낌으로 알아차렸을지도 모른다. 자기 혼자 먼 곳으로 가야 한다는 걸.

"어휴, 실패했네."

나는 몸을 웅크린 채 땅이 꺼져라 한숨을 쉬었다. 새하얀 입김이 퍼져나가면서 천천히 어둠 속으로 사라졌다.

우울한 마음으로 빈소로 돌아오자 우루시바라 씨의 모습이 보였다. 키가 크고 움직임이 빠릿빠릿해서 금방 눈에 띄었다. 추모식이 시작될 때까지는 30분도 채 남지 않았다.

바깥 공기를 몸에 두른 채 가까이 다가갔더니 나를 보고 이마를 찡그렸다.

"무슨 일 있었어? 몹시 추워 보이는군. 옷에 물기도 묻어 있고."

그의 말투는 평소와 똑같이 냉정했다. 어깨에서 힘이 빠졌다.

"죄송해요. 설득에 실패했어요."

미안한 얼굴로 고개를 숙이는 나를 보고는 깜짝 놀란 표정을 지었다.

"만났어?"

"네에, 일단은요. 그런데 엄마, 아빠와 떨어지고 싶지 않나 봐요."

"당연하지. 엄마가 저렇게 집착하고 있으니까. 엄마의 마음이 그 애를 놓지 않는 거야."

"그 애보다 엄마가 더 집착하는 건가요?"

그는 대답하지 않고 슬쩍 손목시계를 보더니 금세 표정을 바꾸었다. 추모식 모드로 바꾼 것이다.

"일반 조문객은 없군. 이제 곧 추모식이 시작될 거야. 준비해줘."

"네."

그가 서두르는 탓에 상주와 무슨 말을 했는지 물어볼 기회를 놓쳤다.

나는 관 옆에 있던 어머니와 할머니를 자리로 안내한 뒤, 제단 앞에 스님 자리를 준비하고 초와 향로의 숯에 불을 붙였다. 그러고는 친척들을 부르기 위해 휴게실로 갔다. 전원이 자리에 앉아 조용히 추모식이 시작되길 기다리고 있었다.

사토미 씨가 어느새 빈소 앞까지 와 있었다. 화려한 가사를 걸치고 목에 긴 염주를 늘어뜨린 모습은 조금 전과 딴사람 같았다. 그는 나를 보고 빙긋이 미소를 지었다.

우루시바라 씨는 사토미 씨를 힐끔 쳐다본 뒤, 우리를 향해 지난번과 똑같이 말했다.

"그럼 다녀오겠습니다."

그 뒷모습을 바라보면서 사토미 씨가 온화한 얼굴로 말했다.

"걱정 마. 오늘 밤은 완벽한 추모식으로 만들어줄 테니까."

식은 다른 때처럼 매끄럽게 진행되었다.

우루시바라 씨의 진행은 여전히 나무랄 데가 없었다. 분향을 안내할 때 한쪽 무릎을 꿇고 하얀 장갑을 낀 손으로 유도하는 동작은 우아하기까지 했다.

처음 듣는 사토미 씨의 독경도 훌륭했다. 맑은 목소리로 읊조리는 불경은 유려하면서도 귀에 쏙쏙 들어와서 마치 아름다운 노래처럼 들렸다. 반도회관에서 자주 들었던 독경과 달라서 눈을 크게 뜨고 숨을 들이마셨을 정도였다.

사토미 씨의 독경을 계속 듣고 싶었지만 찜찜한 마음을 껴안고 도중에 살며시 빠져나왔다. 몸채의 휴게실에서 추모식 이후의 식사를 준비하기 위해서다. 이쪽도 중요한 일이고, 무엇보다 익숙한 작업이다.

반도회관은 지하에 주방이 있지만 이번에는 아는 납품업자에게 음식을 가져다달라고 했다. 식은 음식을 대접

하는 것에 죄송한 마음이 들었다.

준비를 마치고 빈소로 돌아갔더니 마침 사토미 씨가 나오는 참이었다. 나는 입구에서 기다렸다가 고개를 숙였다. 스쳐 지나갈 때 그는 한쪽 눈을 찡긋하면서 말했다.

"별문제 없이 무사히 끝났어."

평온한 얼굴을 보고 일단 안심했다. 휴게실에서 식사를 준비하는 동안에도 히나가 어떻게 하고 있을지 마음에 걸렸던 것이다.

우루시바라 씨의 안내로 친척들이 휴게실로 이동하자 어머니도 상주에게 안겨 마지못해 몸을 일으켰다. 친척들끼리 조용히 있을 수 있도록, 나는 처음 마시는 음료수 뚜껑만 따드리고 우루시바라 씨와 함께 빈소로 돌아왔다.

고요한 빈소에는 우리 말고 아무도 없었다. 히나는 엄마를 따라갔는지, 시선이 닿는 곳에는 보이지 않았다.

"우루시바라 씨."

"왜?"

나는 그를 향해 작게 고개를 숙였다.

"맡은 업무도 제대로 못해서 죄송해요."

조바심이 목구멍까지 치밀었다. 추모식이 끝났는데 히나와는 마음이 통하지 않았다.

"추모식은 아무 문제없이 끝났어."

"추모식 자체는 그렇지만 근본적인 문제가……."

"신경 쓰여?"

"당연히 신경이 쓰이죠. 그 일을 위해 저를 데려오신 거잖아요?"

그는 눈을 가늘게 뜨고 가볍게 웃었다.

"책임감이 강하군."

"그것만으론 안 되잖아요? 우루시바라 씨는 과정에 상관없이 결과를 중요시하니까요."

그 말을 듣더니 이번에는 쓴웃음을 지었다.

"그렇게 보이나?"

"네. 장례식을 완벽하게 끝내는 데 삶의 보람을 느끼는 것 같아요."

"틀린 말은 아니야."

고개를 떨어뜨린 채 타고 남은 향을 처리하고 있을 때, 그가 옆으로 다가와서 관을 들여다보았다.

"장례식은 추모식이 다가 아니야. 아직 고별식이 남아 있어."

"하지만 오늘 같은 느낌이라면 그 애를 설득할 자신이 없어요."

그는 나를 똑바로 바라보았다.

"9시가 되면 상주와 친척들이 돌아가. 우리는 정리하고 10시에 철수할 거니까 오늘은 일찍 자도록 해."

"네."

"자기 전에 불단 앞에서 기도하고."

진지한 얼굴로 말하는 걸 듣고 생각이 났다. 여기에 오는 차 안에서 우리 집에는 할머니도 있고 불단도 있다고 말했다. 그걸 기억하고 있었던 건가?

"그럴게요. 이제 부처님께 매달리는 수밖에 없겠네요."

그는 깨끗해진 향로에 향을 세 개 꽂더니, 영정 사진을 바라보며 조용히 손을 모았다. 잠시 눈을 감은 뒤, 고개를 들고 슬쩍 밖을 바라보았다.

"어느새 눈발이 많이 굵어졌군. 내일 출관은 11시, 화장은 12시야. 눈이 쌓이면 큰일인데. 도쿄의 교통 사정은 눈에 취약하거든."

"내일은 어떻게 할까요?"

"아침 8시 반에 반도회관으로 데리러 갈게. 고별식은 10시부터야. 화장터까지는 같이 가지만, 그 이후의 식사는 상주의 뜻에 따라 반도회관과 관계없는 곳으로 예약했어. 즉, 이번 일은 화장터에서 끝이지. 나는 뒷정리 때문에 저녁때 다시 상주 집으로 가지만 넌 같이 가지 않아도 돼. 화장이 끝나면 반도회관으로 데려다주지."

"알겠습니다."

그때 검은 승복으로 갈아입은 사토미 씨가 들어왔다.

"둘 다 수고했어."

그는 승복 자락을 사락사락 나부끼면서 다가와 걱정스러운 표정으로 내 얼굴을 보았다.

"미소라 씨, 기운이 없어 보이는데 괜찮아? 피곤한 거 아니야? 우루시바라는 워낙 사람을 함부로 부려먹거든."

"아니에요. 괜찮아요."

평소와 다름없는 사토미 씨의 말투를 듣고 마음이 풀렸다. 우루시바라 씨는 여전히 부루퉁한 모습이었다.

"이 녀석이 가져오는 일은 전부 힘들다니까. 추모식이 진행되는 동안 뒤쪽에서는 어머니의 엄청난 슬픔이 등을 찌르질 않나, 관 위에서는 히나가 내 법구를 가지고 장난치질 않나……. 그런 상황에서 정신을 집중하느라 얼마나 힘들었는지 몰라."

사토미 씨의 손까지는 못 봤지만, 추모식이 시작될 때 히나가 관 주변에 있었던 건 알고 있었다. 사토미 씨가 속한 진언종에서는 여러 법구를 사용하는 만큼, 어린아이에게는 호기심의 대상이었으리라. 그 모습을 상상하고 무의식중에 웃음이 터졌다.

"미소라 씨, 웃을 일이 아니야."

"지금 그 애는 어디에 있어?"

우루시바라 씨의 질문에 사토미 씨는 몸채 쪽을 가리켰다.

"지금은 친척들이 식사하는 모습을 지켜보고 있어. 사람들이 많아서 즐거운가 봐."

"오늘 밤은 엄마와 같이 집으로 가려나?"

우루시바라 씨의 말이 끝나기도 전에 사토미 씨는 고개를 크게 가로저었다.

"돌려보내지 않을 거야."

단호한 목소리를 듣고 우루시바라 씨와 나는 사토미 씨의 얼굴을 뚫어지게 보았다.

"부모도 자식을 떠나고 자식도 부모를 떠나야지. 유치원에서 가는 첫 캠프라고나 할까?"

"할 수 있겠어?"

"할 수 있냐 없냐를 떠나서 꼭 해야 돼. 그 애가 외롭지 않도록 내가 밤새 얘기 상대가 돼줄 생각이야."

사토미 씨는 그렇게 말하고 호탕하게 웃었다.

이윽고 상주의 인사로 추모식을 마무리하고 친척들은 각자 집으로 돌아갔다. 어머니는 마지막까지 눈물을 훔치며 관 옆을 떠나지 않았지만 결국 상주에게 이끌려 차에 올랐다.

눈발은 강해졌다 약해졌다를 반복할 뿐 멈출 기색은 보이지 않았다. 우루시바라 씨와 나는 눈이 하늘하늘 내리는 밖까지 같이 나가서, 차의 후미등이 어둠 속으로 사라질 때까지 지켜보았다.

빈소에서는 사토미 씨와 히나가 의자에 나란히 앉아 강아지 인형인 브루를 가지고 놀고 있었다. 브루를 이용해 엄마를 따라 집에 가려고 했던 히나를 붙잡은 것이다. 조마조마한 마음으로 쳐다보는 나를 향해 옆에 있던 우루시바라 씨가 혼잣말처럼 중얼거렸다.

"걱정 마. 옛날부터 애들이 녀석을 잘 따르니까."

그의 말처럼 히나는 사토미 씨 곁에서 떠나지 않았다.

"이것 봐, 벌써 꽤 친해졌어." 사토미 씨가 자랑스럽게 말하며 가슴을 폈다. "말을 걸어도 대꾸해주지 않는 엄마, 아빠보다 내가 더 좋대. 한밤중에 엄마가 보고 싶다면서 울음을 터뜨리면 곤란하지만."

사토미 씨의 가벼운 농담에 우루시바라 씨는 쓴웃음

을 지었다.

"너한테 부탁하길 잘했군. 하지만 너무 깊이 빠지진 마."

나는 휴게실을 정리하려고 몸채로 향했다. 혼자 갈 생각이었는데 우루시바라 씨가 따라왔다. 남은 음식과 음료수를 확인하기 위해서였을지도 모르겠다.

"우루시바라, 배 안 고파? 어머니가 만든 주먹밥이 있으니까 먹어."

우루시바라 씨는 뒤를 돌아보고 못 말린다는 듯 고개를 가로젓더니, 순순히 고맙다고 말했다. 그리고 휴게실 상황을 확인한 뒤, 정원을 볼 수 있는 안쪽 구석에 앉았다. 나는 휴게실 정리를 멈추고 그에게 차를 내주었다.

휴게실의 불빛이 창가의 소나무를 어슴푸레 비추었다. 느긋하게 뻗어나간 나뭇가지의 검은 실루엣 위에도 살포시 눈이 쌓여 있었다.

그는 찻잔을 받고는 랩에 싸인 주먹밥을 하나 내밀었다. 그 동작을 보고 나도 모르게 미소가 배어나왔다.

"전 점심때 먹었어요. 전부 우루시바라 씨 몫이에요."

"그래?"

음식 납품업자의 식기류를 정리해 운반 용기에 넣고 복도로 나갔다 돌아왔더니, 그는 하늘하늘 춤추는 눈을 바라보면서 조용히 주먹밥을 먹고 있었다.

"우루시바라 씨도 일을 잘하시지만 사토미 씨도 대단하시네요."

"그래, 사토미의 능력은 상상을 초월할 정도지. 녀석의 힘은 진짜야."

그가 다른 사람을 인정하는 걸 처음 보았다.

"우루시바라 씨보다 더 대단하세요?"

"나는 단순한 장례 디렉터야. 하지만 녀석은 영감도 있고, 더구나 스님이지."

사토미 씨가 스님이라는 점이 무엇보다 마음 든든한 모양이다.

"더구나 동물의 마음도 아는 것 같아."

황당한 말을 듣고 하마터면 차도구함에 넣으려던 찻잔을 떨어뜨릴 뻔했다. 농담으로 하는 말인지, 진지하게 하는 말인지, 무표정한 그의 얼굴만으로는 판단할 수 없었다.

"그만큼 녀석이 예민하고 착한 거겠지."

"왠지 알 것 같아요."

사토미 씨의 밝고 순수한 마음을 알기에 동물이나 아이들도 금세 따르는 게 아닐까?

"그만 갈까? 오늘 밤은 녀석에게 맡기는 수밖에 없어. 그 애가 여기에 남아준 것만으로 엄청난 수확이야."

"그건 그래요."

"내일은 네 차례야."

"열심히 할게요……."

그렇게 대꾸했지만 물론 말뿐이었다. 열심히 하려고 해도 어떻게 해야 할지 모르겠다. 이런 상태를 오리무중이라고 하는 것이리라.

집에 도착한 건 11시가 가까워서였다.

우리 집은 고쇼지와 반도회관 사이에 있다. 우루시바라 씨는 반도회관으로 가는 도중에 집 근처에서 나를 내려주었다. 타임카드는 자기에게 맡기라고 해서 고맙게 받아들이기로 했다.

아빠는 이미 침실로 들어갔고, 엄마 혼자 거실에서 TV를 보고 있었다. 크리스마스 특별 프로그램인지 TV에서는 시끄러운 소리가 흘러나오고 있었다.

"이제 오니? 늦게까지 고생했네. 눈이 와서 힘들지는 않았어?"

"도로에 쌓이지는 않아서 괜찮았어요. 할머니는 주무세요?"

우루시바라 씨가 시키는 대로 할머니 방에 있는 불단 앞에서 손을 모으고 기도하려고 한 것이다.

"조금 전까지 TV 소리가 들린 걸 보면 아직 안 주무시는 것 같은데?"

졸음이 묻어 있는 엄마의 목소리를 듣고 "먼저 주무세요, 기다려줘서 고마워"라고 말한 뒤 할머니 방으로 향했다.

"할머니, 아직 안 주무세요? 저, 지금 왔어요."

방의 장지문을 작게 두드리니 바로 대답이 돌아왔다.

"아직 안 자."

"불단에 향을 올려도 돼요?"

우리 집안의 불단에는 할아버지와 그 이전에 살았던 조상님의 위패가 있다. 그리고 언니도 여기에 있다.

불단의 언니 사진 앞에 푸딩이 놓여 있었다.

"엄마가 가져왔어. 크리스마스 선물이라고 하면서."

"엄마가요?"

"그래, 미도리는 푸딩을 좋아했거든. 먹을래? 안 그래도 내리려던 참이야. 너도 푸딩 좋아하지? 역시 많이 닮았구나."

할머니가 웃으면서 말했다.

말은 하지 않아도 지금도 엄마의 마음속에는 세상을 떠났던 그때의 모습으로 언니가 자리하고 있으리라. 아무리 시간이 지나도 언니는 우리 가족 안에서 사라지지 않는다.

그러고 보니 오늘 고별식을 한 히나는 사진 속 언니와 비슷한 또래였다. 그렇게 어린 나이에 가족과 떨어져야 하다니, 얼마나 외롭고 쓸쓸할까? 아직 어린 두 사람의 웃는 얼굴이 머릿속에서 겹쳐졌다. 언니도 역시 우리와 떨어지고 싶지 않아서 계속 곁에 있었던 걸까?

지금까지 내가 접한 몇몇 '죽은 사람'들은 모두 깊은 슬픔이나 강한 미련을 가지고 있었다. 특히 사랑하는 가족과 헤어지고 싶지 않다는 마음이 가장 강렬한 듯했다.

나는 옆에서 기도하는 할머니에게 말을 걸었다.

"할머니, 오늘 밤은 언니와 비슷한 어린 소녀의 추모식이었어요."

미소를 짓고 있던 할머니의 표정이 흐려졌다.

"세상에나, 가여워라……."

"왜 이렇게 어린 소녀가 죽어야 할까, 하는 생각이 들었어요. 그 애 엄마는 딸의 관에서 떨어지지 않더라고요. 그 모습을 보고 다들 가슴이 먹먹해졌어요. 슬픈 추모식이었죠."

할머니는 말없이 고개를 끄덕였다.

"그 모습을 보고 있자니 무심코 생각이 났어요. 언니가 죽었을 때 우리 가족도 이랬을까 하고요. 같이 살았던 가족이 한 명 없어지는 건 굉장히 힘든 일이잖아요. 전 아직 태어나기 전이라 그렇게 힘든 일을 겪지 않아서 괜히 미안한 마음이 들었어요. 할머니도 많이 울었어요?"

울었다, 고 간단히 말할 수 있는 일이 아니라는 건 알고 있다. 하지만 할머니의 마음에 부담이 되지 않도록 일부러 장난스럽게 말한 것이다.

"다들 많이 울었지. 이제 미도리를 볼 수 없다고 생각하니 가슴이 미어지더구나. 누군가가 날카로운 손톱으로 심장을 쥐어짜는 것처럼 아프고, 그래서 더 눈물이 나왔지. 지금까지 살면서 그렇게 괴로운 적은 없었단다."

그렇게 말하고 할머니는 입을 다물었다. 입가가 가늘게 떨렸다.

"언니는 어떤 아이였어요?"

"기운이 넘치고 말이 많은 아이였어. 미도리가 있으면 항상 집안이 시끌벅적했단다. 참, 동생이 태어나길 손꼽아 기다리고 있었지."

"그래요?"

그 말은 처음 들었다.

"그래. 네 엄마가 병원에서 딸이란 말을 듣고 '미도리, 네가 입었던 옷이랑 침대를 동생에게 주는 게 어때?'라고 했더니 '응, 전부 다 줄게'라면서 좋아했단다. 그때부터는 매일 동생 이야기를 하며 까르르 웃곤 했어."

그런 식으로 나를 맞이하려고 했구나……. 돌연 가슴이 벅차오르면서 가족이 견딜 수 없을 만큼 사랑스럽게 느껴졌다.

"언니가 되는 게 너무너무 좋았나 보더라고. 꼭 안고 같이 자준다든지, 좋아하는 인형을 준다든지, 아빠 무릎을 동생에게 양보한다든지, 그렇게 말했단다. 벌써 언니가 된 것처럼 말이야."

할머니는 머릿속으로 언니의 기억을 되새김질하듯 천천히 말했다. 추억의 밑바닥을 거닐며 어린 언니를 바라보는지, 입가에서는 미소가 끊이지 않았다.

그런 할머니를 바라보면서 나는 간절한 마음으로 중얼거렸다.

"나도 언니를 만났으면 좋았을 텐데."

"그랬으면 얼마나 좋았을꼬. 하지만 결국 만나지 못했

구나……." 할머니는 나지막하게 중얼거리면서 깊이 한숨을 쉬었다. "네가 태어나기 전날, 그러니까 엄마가 입원한 날에 사고가 났었지. 슬픔에 잠길 틈도 없이 네가 태어났단다. 네가 우리를 구해준 거야. 네 덕분에 울고만 있을 수 없었단다. 네가 모두의 슬픔을 지워준 게야."

할머니는 그대로 고개를 숙이고 입을 다물었다.

"할머니, 죄송해요. 괴로운 기억을 떠올리게 해서요. 이제 괜찮아요. 제가 있잖아요. 제가 언니 몫까지 할머니 곁에 있을게요."

한밤중에 이런 이야기를 해서 할머니 심장에 부담을 주면 큰일이다. 나는 반성하면서 할머니를 눕히고 어깨까지 이불을 덮어주었다.

불단에선 여전히 어린 언니가 함박웃음을 짓고 있었다.

다음 날 아침. 어젯밤 날씨가 거짓말처럼 공기에서는 습기가 느껴지지 않고, 머리 위에는 구름 한 점 없는 새파란 하늘이 펼쳐졌다.

한밤중에 눈이 그쳤는지 땅이 젖어 있는 것 말고는 아무런 흔적도 보이지 않았다. 젖은 아스팔트에서는 아침 햇살을 받고 희미한 아지랑이가 안개처럼 피어오르고 있었다.

머리맡의 커튼을 젖힌 순간, 방으로 들어오는 햇살에 눈이 부셔서 눈을 가늘게 떴다. 침대 위에 앉은 채 살며시 가슴에 손을 댔다. 겨우 잠들었을 때 꾸었던 꿈이 마음에 온기로 남아 있는 듯했다.

어린 언니는 옅은 초록색 풀 위에 앉아 있었다. 계절은 봄이었다. 부드러운 새싹 위에 하얀색에 가까운 벚꽃 잎이 무수히 흩어져 있었다.

언니는 뱀밥과 냉이 같은 봄 식물들을 찾아내며 까르르 웃음을 터뜨렸다. 그러다 얼굴을 들고 함박웃음을 지었다. 언니의 시선 끝에는 초록색 안에 유난히 선명한 노란색 민들레가 있었다.

그 광경을 바라보는 내 의식 속으로 귀여운 목소리가 뛰어들었다.

난 내일 언니가 돼.

얼마나 기다렸는지 몰라.

동생을 빨리, 빨리 보고 싶어.

손꼽아 기다리던 동생을 이제 곧 만날 수 있어.

내가 태어나길 진심으로 기다리던 어린 언니가 새하얀 봄 햇살 속에서 행복하게 웃고 있었다.

언니가 등을 가볍게 밀어주는 걸 느끼고, 밝은 하늘을 올려다보며 결심했다.

그렇다. 하는 수밖에 없다.

오늘 아침은 유니폼 위에 코트를 입고 반도회관으로 향했다. 어젯밤에 반도회관에 들르지 않고 집에 왔기 때문이다. 사무실에 들어가자 제일 먼저 요코 선배가 맞아 주었다. 반도회관에서도 시나 씨가 담당하는 고별식이 있어서 그녀도 일찍 출근한 것이다.

"메리 크리스마스! 어? 미소라, 얼굴이 왜 그렇게 피곤해 보여?"

"잠을 좀 설쳤어요."

대번에 내 상태를 알아본 것에 충격을 받고 웃음으로 얼버무렸다.

마치 자기 사무실처럼 편안한 모습으로 커피를 마시던 우루시바라 씨는 평소처럼 산뜻하고 말쑥한 모습이었다.

"일찍 자라고 했잖아?"

"아무리 자려고 해도 잠이 오지 않았어요."

"불단 앞에서 손을 모으고 기도했어?"

"네, 언니에게요."

"미소라, 언니가 있었어?"

요코 선배가 깜짝 놀라며 물었다.

"제가 태어나기 전에 죽어서 실제로는 만난 적이 없지만요."

"그랬구나."

선배는 어떻게 대꾸해야 좋을지 모르는 얼굴로 입을 다물었다.

"이제 슬슬 갈까?"

커피를 다 마시고 우루시바라 씨가 일어섰다. 무거운 침묵을 깨뜨리듯 갑자기 일어서는 모습을 보고, 선배는 안도한 듯 웃으며 "다녀와"라며 배웅해주었다.

일요일인 탓인지 아침의 도로에는 차가 거의 없어서, 어제보다 순조롭게 고쇼지에 도착했다. 노면이 얼지 않아서 다행이라고 우루시바라 씨가 말했다.

정원의 메마른 나뭇가지 끝에는 수많은 물방울들이 아침 햇살을 받고 눈부시게 빛나고 있었다. 싸늘한 공기가 한층 상쾌하게 느껴지면서, 몸 안쪽에서 힘이 넘치고 희망이 솟구치는 듯한 생각이 들었다.

우루시바라 씨는 어제 받아놓은 열쇠로 빈소의 현관문을 열었다. 빈소에 들어선 순간, 우리는 동시에 눈을 크게 떴다. 사토미 씨가 나란히 늘어놓은 의자 위에 드러누운 채 기분 좋은 얼굴로 자고 있었던 것이다. 어젯밤에 말한 대로 밤새 히나와 같이 있어준 모양이다.

아무도 없는(물론 히나는 있지만) 넓은 빈소에서 혼자, 더구나 제단과 시신이 있는 상황에서 밤을 새우다니. 나는 도저히 흉내도 낼 수 없다.

재미있어서 우루시바라 씨와 함께 계속 내려다보고 있자 기척을 느꼈는지 사토미 씨가 눈을 떴다.

"어? 우루시바라, 일찍 왔네?"

똑바로 누운 채 그는 몇 번 눈을 깜빡거렸다. 아직 잠에 취한 듯하다.

"그래. 감기 걸리겠어."

"괜찮아. 이상하다, 내가 언제 잠들었지?"

"히나는 어디 있어요?"

주변을 두리번거리는 나를 바라보면서 그는 관을 가리켰다.

"저기 있어."

"네?"

그의 손끝을 따라가자 히나는 관 위에 오도카니 앉아 창을 통해 자신의 얼굴을 내려다보고 있었다.

나는 어제와의 차이를 느끼고 눈을 휘둥그레 떴다. 금세 알아차리지 못했던 것도 무리가 아니다. 어제는 그렇게 똑똑히 보였는데, 지금은 불투명 유리를 통해서 보는 것처럼 어렴풋했다.

"왜 그래?"

우루시바라 씨가 망연하게 서 있는 나를 보고 의아한 표정을 지었다. 내 설명을 듣고 그도 고개를 갸웃거렸다.

"자신의 죽음을 받아들이기 시작한 건가?"

사토미 씨가 의자에서 일어나 천천히 다가왔다.

"두 사람이 가고 나서 계속 히나와 이야기했어. 네가 꼭 가야 할 곳이 있다고. 지금은 엄마 아빠와 떨어지지만 가족이니까 결코 헤어지는 일은 없다고. 머지않아 만날 수 있다고."

"그런 믿음이 가장 큰 버팀목이 되니까."

"그래. 지금 갈 곳은 친구도 많고 즐거운 곳이니까 두려울 건 아무것도 없어, 네가 먼저 가서 엄마 아빠를 기다리면 돼, 이제 곧 다섯 살이니까 갈 수 있지, 라고 설득했지. 예전에 읽었던 슬픔 치유에 관한 책이 도움이 많이 됐어. 그 책을 쓴 사람은 신부님이었지만, 이런 건 종교를 초월하는 법이지."

"역시 사토미 씨는 대단해요!"

"물론 죽었다는 말은 할 수 없었지만 가야 할 곳이 있다는 건 받아들인 것 같아. 하지만 혼자 가기는 외롭다고 하더군. 그래서……" 사토미 씨가 나를 보고 빙긋이 웃으면서 덧붙였다. "미소라 씨, 바통 터치."

그는 내 손에 자기 손을 부딪히며 하이파이브를 하더니, 입이 찢어져라 하품을 했다.

"미안해. 고별식이 시작되기 전에 목욕하고 정신 차려서 올게. 그럼 이따 봐."

"그래, 수고했어. 나중에도 잘 부탁해. 다시 잠들지는 말고."

우루시바라 씨는 위로를 하면서도 일에 대해 못 박는 걸 잊지 않았다.

사토미 씨가 자리를 비운 뒤, 나는 계속 관 위에 있는 히나를 지켜보았다. 아침 햇살을 받은 히나는 너무나 희미해서, 보고 있기만 해도 가슴이 아려왔다.

이렇게 어린 소녀가 부모 곁을 떠나 혼자 먼 곳으로 가야 하다니, 얼마나 불안하고 두려울까. 울며 소리치고 매달려서라도 떨어지고 싶지 않을 것이다. 그런데 히나는 모든 걸 받아들인 듯 초연한 표정을 짓고 있었다. 그 모습을 보고 있자니 가슴속에서 뜨거운 덩어리가 솟구치는 듯했다.

"그만 울어."

우루시바라 씨의 목소리를 듣고 흠칫 정신을 차리자 어느새 눈물이 뺨을 타고 흘러내리고 있었다. 나는 황급히 손등으로 눈물을 훔쳤다.

"히나에게 감정 이입한 거야? 역시 떠나고 싶지 않은가 보군."

"우루시바라 씨."

"왜?"

"언니라면 히나를 데려가줄 거예요."

키가 큰 그의 눈을 똑바로 쳐다보며 말했더니, 그는 한동안 침묵하고 나서 확인하듯 물었다.

"그래도 괜찮겠어?"

"히나와 언니는 비슷한 또래예요. 서로 이해할 수 있을 거예요. 둘이 같이 가면 그렇게 무섭지 않을 거고요."

나의 단호한 결심을 듣고, 그는 한동안 팔짱을 낀 채 생각에 잠겼다.

"친구가 있으면 히나는 외롭지 않겠지만, 언니는 그래도 될까?"

"누구든 사랑하는 사람 곁을 떠나고 싶진 않을 거예요."

"그건 그렇지만……."

"어제 겨우 깨달았어요. 저희 가족은 아무도 언니를 잊지 않았어요. 언니를 직접 만난 적이 없는 저만이 모르는 척했을 뿐이죠. 그런데 히나를 보고 언니도 그런 식으로 가족 안에 있었다는 걸 깨달았어요. 언니는 제가 태어나길 몹시 기다렸고, 그래서 지금 제 곁에 있다는 것도요."

그는 고개를 끄덕이더니, 초에 불을 켜고 향로에 향을 꽂았다. 그리고 차분하게 두 손을 모으고 히나에게 말을 걸었다.

"히나, 아주 잠깐 헤어지는 거야. 무서워할 건 아무것도 없어."

히나가 우루시바라 씨를 올려다보았다. 그의 눈에는 히나가 보이지 않을 텐데, 그는 계속 관에 시선을 향했다. 히나의 눈동자가 불안하게 흔들렸다.

'하지만 무서워.'

가냘픈 목소리가 들렸다. 지금이라도 울음을 터뜨릴 것처럼 어린 히나의 얼굴이 일그러졌다. 애처로운 작은 몸이 슬픔으로 인해 터질 것처럼 보였다.

아지랑이처럼 흔들리는 모습이 그대로 공기에 녹아내

릴 것 같아서, 나도 모르게 히나를 안으려고 팔을 내밀었다. 울며 흐느끼는 작은 몸을 따뜻하게 감싸고, 슬픔을 조금이라도 나누고 싶었다.

하지만 누군가 나보다 먼저 히나를 껴안았다.

우루시바라 씨는 깜짝 놀란 얼굴로 눈물을 흘리며 손을 내민 나를 쳐다보고, 나는 내 손끝을 쳐다보았다. 내 시선의 끝에는 아침 햇살 속에서 훌쩍거리는 히나를 다정하게 감싸는 따뜻한 빛…… 어린 언니의 모습이 있었다.

마침내 슬픔의 둑이 무너지면서 목이 터져라 흐느껴 우는 히나를, 언니는 작은 몸으로 껴안고 다정하게 머리칼을 쓰다듬어주었다. 히나도 어리광 부리듯 언니에게 매달린 채, 눈물에 젖은 뺨을 언니의 가슴에 문질렀다.

마음이 따뜻해지는 광경이었다. 언니가 히나의 마음을 전부 받아주고 있는 것 같았다.

언니는 얼굴을 들고 우리를 보더니 생긋 웃었다. 이제 히나를 걱정하지 말라는 것처럼.

"언니, 고마워……."

나는 비틀거리며 관에 다가가서, 두 사람을 감싸듯 아지랑이처럼 관 위에 쏟아지는 따뜻한 아침 햇살을 향해 손을 내밀었다.

언니 또한 나를 향해 천천히 손을 내밀었다. 작은 손으로 내 머리를 다정하게 쓰다듬어주는 듯했다.

언니는 히나와 비슷한 또래의 어린 모습이었다. 그런데 내가 느끼는 기척은 그야말로 '언니'였다. 나를 계속 지켜주었던 다정하고 따뜻한 기척이 느껴졌다.

나는 관 옆에 웅크려 앉은 채, 눈물에 젖은 눈으로 우루시바라 씨를 올려다보았다. 그러면 말을 하지 않아도 이 상황을 전부 알고 있으리라.

"히나, 친구와 같이 가면 외롭지 않겠어?"

그의 말을 듣고 이번에는 히나가 고개를 끄덕였다. 눈물에 젖은 히나의 얼굴에서는 안도의 표정이 퍼져나갔다. 언니가 머리를 쓰다듬어주자 히나는 겨우 환한 미소를 지었다.

"언니도 이제 하늘나라에 갈 수 있겠네."

내 말을 듣고 언니는 희미한 미소를 지으며 고개를 작게 가로저었다. 깜짝 놀라서 이유를 물으려고 했는데 그전에 이미 언니는 히나를 다정하게 안아주었다. 지금은 희미한 빛에 둘러싸인, 아침 안개 같은 그림자 두 개가 관 위에 있을 뿐이다.

"어때?"

조용히 옆에 서 있던 우루시바라 씨가 나에게 물었다.

"언니가 같이 가주는 것 같아요."

"그렇구나."

그의 표정이 부드러워졌다. 나름대로 히나를 걱정하고 있었던 것이다.

"얼굴."

그의 말을 듣고 서둘러 손수건으로 눈물을 닦은 뒤 쑥스러운 얼굴로 물었다.

"사토미 씨가 처음에 저에 대해서 뭐라고 말했어요?"

그는 내가 묻고 싶은 게 무엇인지 확인하듯 내 얼굴을 물끄러미 바라보았다.

"죄송해요. 이상한 질문이죠? 사토미 씨 눈에는 언니가 어떻게 보였나 해서요. 저는 꿈에서밖에 본 적이 없었는데, 지금 처음으로 언니 모습이 보이더라고요."

생각해보면 이제 와서 이런 걸 묻는 건 너무 이상한 일이었다.

"어린 소녀가 있다고 말했어. 있다기보다 거의 너의 일부가 되어 있다고. 원래 영감이 있어서 그렇게 되었는지, 그 소녀가 있어서 기에 민감해졌는지는 모르겠지만, 네가 그 소녀의 존재도, 그 힘도 인정하려고 하지 않는 걸 이상하게 생각했지.”

분명히 그 무렵에는 그랬다. 나는 씁쓸하게 웃었다.

“언니로 인해 보고 싶지 않은 게 보여서 귀찮았어요. 그런데 우루시바라 씨와 같이 일하게 되면서 마음이 바뀌었죠. 돌아가신 분들의 마음에 다가갈 수 있다는 걸 알게 되었거든요.”

그는 여전히 감정 없는 목소리로 맞장구를 쳤다.

“대단한 발전이군.” 그러더니 계속 입을 다물고 있는 나를 보며 다시 덧붙였다. “겨우 서로를 이해하게 되었는데, 벌써 이별인가?”

“그게…….” 의아한 표정으로 나를 쳐다보는 그를 향해 나는 곤혹스러운 표정을 지었다. “아직은 제 옆에 있고 싶은 것 같아요.”

“네 옆이 상당히 편한가 보군.” 그는 눈을 크게 뜨고 웃으면서 말한 뒤, 즉시 진지한 얼굴로 돌아갔다. “뭐가 언니를 붙잡고 있는지, 앞으로 천천히 생각해봐. 어쨌든 이번에는 언니에게 감사의 인사를 전하고 싶군.”

나는 고개를 끄덕였다. 관 위에서는 두 개의 작은 그림자가 흔들리고 있었다.

“우루시바라 씨, 하늘나라는 정말로 있나요?”

그는 나를 힐끔 쳐다보더니 곧바로 관으로 얼굴을 향했다.

"있다……고 생각해."

현실적인 이 남자가 하늘나라의 존재를 순순히 인정할 줄은 몰랐다.

그에게는 관 위에 있는 희미한 빛이 보이지 않을 것이다. 그런데 그 주변을 물끄러미 바라보면서 덧붙였다.

"하늘나라가 없으면 저 아이들이 갈 곳이 없잖아?"

그 말을 듣고 기뻐서 나도 크게 고개를 끄덕였다.

"그런데 히나는 언니한테 맡긴다 해도, 히나의 엄마는 어떻게 하죠? 슬픔과 집착이 히나를 묶어두고 있다고 하셨잖아요?"

그가 눈을 가늘게 뜨면서 대답했다.

"모녀의 사랑도 대단하지만 부부의 사랑도 강력하지. 이번에는 나도 공부가 되었어."

"무슨 말씀이세요?"

그렇게 물은 것과 동시에 그는 손목시계를 보더니 주머니에서 하얀 장갑을 꺼내 끼었다.

"나중에 알게 될 거야. 이제 준비하자."

바로 가르쳐주지 않는 것은 평소와 똑같다. 나도 내가

해야 할 일을 하기 위해 그의 뒤를 따라갔다.

친척들이 모두 자리에 앉는 걸 보고 그가 오늘 일정을 설명했다. 히나와 언니는 관 위에 앉아 흥미진진한 눈길로 의자에 앉은 친척들을 바라보았다.

입구에는 사토미 씨가 와 있었다. 조금 전 잠에 취했던 모습은 티끌만큼도 느껴지지 않는 당당한 스님의 모습이었다. 그는 살며시 빈소 안을 들여다보고 투덜거렸다.

"또 저기 앉아 있어? 맨 앞에 있으면 내 리듬이 엉망이 되는데…… . 히나는 미소라 씨의 언니와 완전히 친구가 됐나 보군. 저렇게 사이좋게 재잘거리고 있다니. 미소라 씨는 역시 좋은 걸 가지고 있었네. 나도 인사해두는 편이 좋으려나?"

살짝 설레는 것처럼 얼굴을 붉히며 말하는 바람에 어떻게 대꾸해야 좋을지 몰라서 당황스러웠다. 우루시바라 씨가 재빨리 빡빡머리에 꿀밤을 날렸다.

우루시바라 씨는 그대로 우리 쪽을 향하더니, 여느 때처럼 "그럼 다녀오겠습니다"라고 인사한 뒤 성큼성큼 빈소로 들어갔다.

잠시 머리를 매만지던 사토미 씨는 우루시바라 씨의 안내 방송에 따라 빈소로 들어가고, 이윽고 히나의 고별식이 시작되었다.

　휴게실 청소를 마치고 빈소로 돌아왔을 때는 분향이 끝나려고 하고 있었다. 추모식과 달리 마침내 작별이라고 생각했는지, 친척들 중에는 흐느껴 우는 사람도 있었다. 상주인 히나의 아빠가 오열하는 히나의 엄마 어깨를 다정하게 껴안고 있었다.

　독경이 끝나고 사토미 씨가 밖으로 나왔다. 관에 넣을 꽃을 준비하려고 나도 사토미 씨를 따라 조용히 빈소를 나왔다.

　사토미 씨는 완전히 퇴장하지 않고 복도에서 빈소를 돌아보았다. 화장터까지 동행해야 해서 옷을 갈아입는 편이 좋지 않을까 생각했지만 움직이려고 하지 않았다.

　"그러면 지금부터 조문을 오지 못한 분이 보내신 전보를 대독하겠습니다."

　어린아이의 장례식이라서 그런지, 전보의 숫자는 많지 않았다. 어젯밤에 제단 옆에 있는 걸 언뜻 보았을 때는 한두 통밖에 되지 않았다.

　처음은 상주가 일하는 회사에서 보낸 전보였고, 다음은 친할아버지가 속한 모임의 친구가 보낸 전보였다.

　우루시바라 씨의 목소리가 이어졌다.

"마지막으로…… 이건 전보는 아닙니다만 상주님이 강하게 요청하셔서 소개해드리겠습니다."

지금까지 이런 일은 한 번도 없었는데. 나는 무슨 일인가 싶어 사토미 씨 옆에서 빈소를 들여다보았다.

"이건 상주님께서 히나 양의 어머니인 부인에게 보내는 메시지입니다."

우루시바라 씨의 말을 듣고 사토미 씨는 "그랬군" 하고 작게 중얼거렸다.

"여러분, 관 옆에 있는 커다란 강아지 인형이 보이십니까? 저건 히나 양이 좋아했던 브루라는 이름의 인형입니다. 브루는 히나 양이 입원했을 때도 항상 곁에서 지켜보았습니다."

그는 억양을 억제한 목소리로 조용하게 말했다. 그의 담담한 목소리는 사람들 마음속에 촉촉이 스며들어서, 역시 이런 자리에 잘 어울린다는 걸 실감케 했다.

"어느 날, 자신의 간병에 지쳐 병원에서 우는 엄마를 보고 히나 양은 이렇게 말했습니다. '엄마, 내 브루를 줄 테니까 울지 마. 난 브루가 계속 곁에 있어줘서 외롭지 않아.' 옆에서 그 말을 듣고 있던 상주님의 눈에서는 눈물이 멈추지 않았다고 합니다."

빈소 여기저기에서 울음소리가 높아졌다.

"브루는 처음에 히나 양의 관에 넣어주려고 가져오셨다고 합니다만……." 우루시바라 씨는 상주에게 얼굴을 향하고 덧붙였다. "어제 상주님께서 저에게 말씀하셨습니다. 이건 히나가 엄마에게 주는 선물이니까 앞으로도 계속 소중히 간직했으면 한다, 히나가 엄마의 눈에서 눈물이 그치도록 선물로 주고 싶어 했으니까, 라고 말이죠. 이말을 꼭 부인께 전하고 싶다고 하셨습니다."

어젯밤에 상주가 그와 의논했던 게 이것이었던가.

"저 인형에는 상주님의 바람과 의지가 담겨 있습니다. 부인이 다시는 깊은 슬픔에 잠기지 말고, 앞을 향해 한 걸음 내디뎠으면 하는 바람이. 아직은 빛이 보이지 않아도 앞으로 따님을 가슴에 품고 서로 위로하면서 함께 살아가자는 의지가. 히나 양은 브루가 되어 앞으로도 계속 두 분과 함께 있을 겁니다."

그의 말이 끝났을 때, 히나의 엄마는 남편의 가슴에 매달려 큰 소리로 울음을 터뜨렸다. 남편은 말없이 아내를 꼭 껴안아주었다.

"역시 살아 있는 사람은 강하군."

사토미 씨의 얼굴에 기쁨의 미소가 감돌았다. 나도 가

습이 뜨거워졌다.

출관할 때, 히나의 관에는 넘칠 것처럼 꽃들이 채워졌다. 마지막으로 남편의 부축을 받은 아내가 히나의 뺨을 쓰다듬으며 자그마한 얼굴 옆에 살며시 커다란 백합을 놓았다.

그걸 지켜본 우루시바라 씨가 조용히 말했다.

"이제 곧 이별입니다."

나와 사토미 씨는 우루시바라 씨의 차를 타고 화장터로 향했다.

"우루시바라 씨, 저요. 마지막 메시지를 듣고 깜짝 놀랐어요."

우루시바라 씨는 앞을 바라본 채 웬일로 쑥스러운 표정을 지었다.

"이번 상주는 아주 훌륭한 사람이더군. 아직 그렇게 젊은데도 말이야. 고별식에서 그 메시지를 전해달라는 말을 들었을 때, 이걸로 히나 엄마도 살아갈 수 있을 거라고 생각했어. 슬픔의 늪에 잠겨 있던 아내의 시선을 단숨에 자기 쪽으로 향하게 만들었으니까. 부모 자식 간의 사랑만 대단한 줄 알았는데, 부부의 사랑도 대단한 거더군."

"그런 깜짝 이벤트를 할 수 있는 남자는 여자에게 인기가 있는 법이지."

사토미 씨가 조금 부러운 눈길로 말했다.

"결혼식에서는 흔히 볼 수 있지만, 그런 깜짝 이벤트를 장례식에서 하다니, 상주님 발상이 너무 멋있어요! 아내에게 힘을 주려고 하는 마음이 온몸으로 느껴졌어요."

"깜짝 이벤트도, 부부의 사랑도 나하곤 인연이 없어. 일이라서 어쩔 수 없이 했지만, 그 말을 하느라 얼마나 오글거렸는지 몰라."

"그래, 너하곤 평생 인연이 없을 것 같더라. 아무리 머리가 팍팍 잘 돌아가고 잘난 척해도, 사랑을 아는 남자는 이길 수 없어. 앞으로 더 열심히 공부하지 않으면 안 된다고."

사토미 씨가 이죽거리며 우루시바라 씨를 놀렸다.

"사돈 남 말 하시네. 주제넘은 참견 마시지."

우루시바라 씨가 복수하듯 액셀을 힘껏 밟는 순간, 사토미 씨가 뒷자리에서 비명을 질렀다.

"가족이 곁에 있으면 모두 강해질 수 있을 거예요."

나는 혼잣말처럼 중얼거렸다.

히나는 새파란 하늘에 빨려 들어가듯 연기가 되어 하

늘 높이 올라갔다. 지금쯤 두 소녀가 다정히 손을 잡고 즐겁게 여행을 하고 있으리라.

히나의 엄마도 다정한 남편의 사랑 속에서 서서히 슬픔을 치유했으면 좋겠다. 두 사람의 곁에는 브루가 언제까지나 지켜보고 있을 것이다. 언젠가 엄마의 얼굴에서 눈물이 멈추고, 웃음이 돌아오길 바라면서.

우루시바라 씨는 화장터를 나와 사토미 씨를 고쇼지에 내려주고 반도회관으로 차를 몰았다.

"이틀간 수고 많았어. 덕분에 이번에도 좋은 장례식을 치를 수 있었어."

"무사히 끝나서 다행이에요. 힘든 과제를 맡았을 때는 어떻게 해야 하나 싶어 앞이 캄캄했거든요."

"훌륭하게 해냈잖아?"

우루시바라 씨가 앞을 향한 채 개구쟁이처럼 웃었다.

"간신히 해낸 거예요."

"난 할 수 있는 것밖엔 시키지 않아."

그 자신감은 어디서 나오는 걸까 싶었지만, 어제 사토미 씨가 말하지 않았던가. 우루시바라 씨는 분위기를 파악하는 능력이 뛰어나다고. 그 자리의 상황을 재빨리 판단해서, 자신이 가진 카드를 최대한 활용하는 것이다. 그건 사토미 씨와 나는 할 수 없는 그 사람만의 재능이다.

"처음부터 언니가 도와줄 거라고 생각하고 저를 데려간 거예요?"

"수호령은 자신이 지키는 사람이 어려움에 처했을 때 도와주는 거잖아? 아니야?"

너무나 진지한 얼굴로 말해서 어이가 없었다.

"정말 못 말려. '보이지 않는 사람'은 마음이 편해서 좋겠어요."

부루퉁한 표정을 짓는 나를 보고 그는 빙긋이 미소를 지었다.

"이번에는 처음부터 힘든 일이라고 생각했어. 언니는 조만간 다시 네 곁으로 돌아올 거야. 앞으로도 내 일을 도와주면 고맙겠군."

그는 스미다 강을 따라 차를 몰다가 갑자기 차선을 바꾸어 좁은 길로 들어갔다. 그러더니 작은 공원과 마주한 옛 정취가 가득한 커피숍 앞에서 차를 세웠다.

"내려. 잠깐 들렀다 가자."

내가 어리둥절한 표정을 짓자 그는 진지한 얼굴로 입술 끝만 약간 움직여서 웃었다.

"어제 추모식이 끝나고 시나와 케이크 먹기로 약속했다고 했잖아? 크리스마스에 힘든 일을 했으니까 상을 줘야지. 여기 수제 케이크가 제법 맛있거든. 커피도 맛있고."

생각지도 못한 크리스마스 선물에 저절로 미소가 흘러넘쳤다.

그때 문득 한 가지 생각이 떠올랐다.

앞으로도 계속 그와 같이 일하고 싶다. 아무리 노력해도 취직이 되지 않았던 건, 언니가 이렇게 되도록 유도한 것일지도 모른다.

제3화

수국의 계절

반도회관 사무실의 화이트보드를 보기가 두려운 계절이 돌아왔다.

나는 출근하자마자 용기를 내어 화이트보드를 보고 커다란 한숨을 내쉬었다.

장례식장의 가장 바쁜 시기는 한겨울이다. 화이트보드에는 매일 장례식 일정이 빼곡히 적혀 있고, 당일 장례식을 마치면 기다렸다는 듯 다음 장례식이 자리를 차지한다. 담당하는 홀 스태프 칸에는 정직원인 요코 선배는 말할 것도 없고, 내 이름도 완전히 단골이 되었다. 더구나 홀 스태프 담당자를 정하는 요코 선배는 우루시바라 씨가 담당하는 장례식엔 항상 나를 배치한다.

선배의 주장은 이렇다.

"우리는 면역이 돼서 괜찮지만 우루시바라 씨를 어려워하는 스태프가 꽤 많거든. 너하곤 손발이 잘 맞는 것 같고. 잘 부탁해."

항상 선배의 절묘한 사탕발림에 넘어가곤 한다.

정신없이 아르바이트를 하는 사이에 언니가 돌아온 모양이다. 새해가 밝고 첫 번째 장례식에서 사토미 씨를 만났을 때 "언니가 돌아왔군" 하고 말해줘서 비로소 알아차렸다. 둔한 건 여전하다. 언니는 우리 가족과 함께 새해를 맞이했으리라. 돌아왔을 때 알았다면 "잘 왔어"라든지 "수고했어"라고 말해줬을 텐데. 여전히 내 곁에 조용히 있다.

그보다 현재 나의 가장 큰 고민거리는 취직이다.

솔직히 말하면 이대로 계속 반도회관에서 일하고 싶다. 그런데 가족에게는 좀처럼 말을 꺼내지 못하고 있다.

부동산 업계를 포기했던 날, 천천히 생각해보라고 말했던 부모님도 최근에는 졸업하기 전에 직장을 정하라고 은근히 재촉하고 있다. 2월에 접어든 지금, 가족들의 무언의 압력을 받고 무거운 발길을 들어 오랜만에 대학 취업과에 가보기로 했다.

아직 추위가 뼛속까지 스며드는 계절이지만, 소부 선열차의 창을 통해 들어오는 부드러운 햇살은 매우 따뜻해 보였다. 어디라도 좋으니까 일단 들어가야 한다는 생각도 들었지만, 직장인이 된 내 모습을 떠올리려고 해도 떠오르지 않았다. 마치 남의 일처럼 멀리서 바라보는 내가 있을 뿐이었다.

오차노미즈 역을 지나 고개를 든 순간, 간다 강 제방에서 꽃망울을 맺기 시작한 매화가 눈에 들어왔다. 메마른 겨울 풍경을 배경으로 군데군데 벌어진 꽃망울 속에서 선명한 하얀색과 붉은색을 본 순간, 갑자기 번뜩 이런 생각이 들었다.

하고 싶은 일을 억지로 찾을 필요는 없다. 나는 반도회관에서 일하고 싶다. 지금 내가 몸을 담고 있는 장례 업계야말로 보람도 느끼면서 쉽게 익숙해질 수 있는 분야가 아닌가.

다음 순간, 몸속의 피가 활발하게 돌아가는 느낌이 들었다. 나는 도저히 가만히 있을 수 없어서 스이도바시 역에서 내려 집으로 돌아왔다. 취업과에 가봐야 어차피 정신은 다른 곳을 방황할 테니, 한시라도 빨리 엄마와 의논하고 싶었던 것이다.

취업과에 간다고 나간 딸이 일찍 돌아온 걸 보고 엄마는 화들짝 놀란 표정을 지었다. 내 얼굴에서 심상치 않은 기운을 느낀 모양이었다. 용기를 내서 엄마에게 솔직하게 털어놓았더니 난감한 표정으로 고개를 갸웃거렸다.

"하긴 이 시기라면 대부분의 회사들이 신입사원을 뽑았을 테지. 네가 진심으로 하고 싶다면 반도회관을 반대하지는 않아. 하지만 정직원이 되어도 아르바이트의 연장선 같은 일을 하는 건 좀 그렇지 않을까?"

지금 내가 하는 일은 주로 상차림이다. 엄마의 눈에 상차림은 아르바이트생이 하는 일로 보이는 모양이다. 그 말에 충격을 받았지만, 대학을 졸업한 사람이 그런 일을 해도 되느냐는 엄마의 우려는 충분히 이해할 수 있었다. 장례식장 여직원이 상차림만 하는 건 아니다. 하지만 가족을 설득하려면 어떻게 하는 게 좋을까?

아르바이트생과 정사원과의 벽에 부딪혀서, 나는 저녁부터 일하기로 되어 있는 반도회관으로 도망치듯 향했다. 벽에 부딪혔을 때는 항상 반도회관으로 도피하곤 했으니까.

그래서 정해진 아르바이트 시간보다 일찍 도착했다. 도모비키인 오늘은 고별식이 없어서 그런지 사무실에는 느긋한 분위기가 떠다니고 있었다. 전화 담당이었던 요코 선배가 말할 상대를 발견하고 반갑게 맞아주었다.

"요코 선배, 저 고민이 있어요."

점심을 놓쳐서 사 온 빵을 같이 먹으며 상황을 이야기했더니, 선배는 당연하다는 얼굴로 반도회관에 들어오라고 말했다.

"그런데 엄마가, 아르바이트 연장선 같은 일로 좋으냐고 해서요……."

"상차림이 전부라고 생각하면 좀 그렇지. 기껏 대학까지 졸업해놓고 그런 일을 하다니……. 어머니께서 그렇게 생각하는 건 어쩔 수 없어. 실제론 그것만 하는 게 아니지만 어머니께선 여기 일을 잘 모르시잖아?"

"선배는 어땠어요?"

"실은 나도 아르바이트부터 시작했어. 전문대학을 졸업하고 보육교사가 되려고 했는데, 이쪽 일이 더 즐겁더라고. 아이들도 사랑스럽지만 노인들을 상대하는 것도 보람이 있거든. 우리 부모님은 그런 걸 별로 신경 쓰지 않았는데, 넌 외동딸이니까 걱정하실 수도 있겠다."

그녀는 나의 롤 모델이기도 하다. 밝은 성격으로 항상 사무실 사람들을 즐겁게 만들어주며 유족들도 세심하게 배려하고 있다. 우루시바라 씨를 비롯한 장례 디렉터와는 다른 면에서 유족들을 따뜻하게 대하는 것이다. 그녀는 매일 본인이 태어나고 자란 이 지역에서, 같은 지역 사람들을 배웅하고 있다.

　우리 대화를 듣고 있었는지, 근처에서 컴퓨터로 견적서를 만들고 있던 우루시바라 씨가 이쪽을 향했다.

　"그렇다면 장례식을 진행하는 장례 디렉터가 되는 게 어때?"

　나와 선배는 할 말을 잃고 멍하니 그의 얼굴을 바라보았다. 그가 남의 이야기에 끼어드는 일은 거의 없는 데다가 내 머릿속에는 장례부에서 일한다는 발상 자체가 없었던 것이다.

　"그거 좋은데요? 미소라, 그러면 되겠다!"

　선배가 웃으면서 벌떡 일어섰다. 탁자 위의 커피가 흔들려서 나는 황급히 컵을 잡았다.

　"제가 할 수 있을까요?"

　우루시바라 씨는 다시 컴퓨터 화면으로 눈을 돌렸다.

　"익숙해지면 누구나 할 수 있어. 중요한 건 하고 싶다는 본인의 의지야. 시나도 처음엔 한심하기 짝이 없었거든."

"워낙 스파르타식으로 가르치셔서 그래요."

요코 선배가 웃으면서 대꾸했다.

"하지만 그 녀석은 포기하지 않고 따라왔지. 그 끈질긴 근성만은 인정해."

"본인한테 말해주면 좋아할 거예요."

선배의 말을 듣고 그는 코끝으로 웃었다.

두 사람의 대화를 들으면서 내 마음속에서는 한 가지 생각이 무럭무럭 솟구쳤다.

"저도 우루시바라 씨에게 배우고 싶어요."

탕비실 옆에서 담배를 피우던 오늘 밤 추모식 담당자인 아오타 씨가 웃음을 터뜨렸다.

"우루시바라 인기가 하늘을 찌르는데? 그래, 자네가 시미즈 씨를 가르쳐줘. 예전에 사장님께서 그러셨거든. 자네 밑에 있으면 사람이 빨리 큰다고. 드디어 반도회관에도 여성 장례 디렉터가 탄생하는 건가?"

우루시바라 씨가 차가운 눈길로 아오타 씨를 노려보며 말했다.

"전 이제 여기 사람이 아닙니다."

"너무 그러지 마. 어차피 여기 지점이나 마찬가지잖아?

사장님께서 자네를 얼마나 믿고 있는데 그래. 시미즈 씨가 자립할 수 있을 때까지만 맡아주는 게 어때? 자네만 오케이하면 내가 사장님께 말해보지."

베테랑인 아오타 씨는 예전에 사장님과 같이 현장을 돌아다닌 적도 있어서, 무슨 말이든 마음 편히 할 수 있는 사이라고 한다. 사무실 안에서도 누구보다 마음 든든한 존재였다.

"시미즈 씨의 교육 담당자로 저도 우루시바라 씨가 좋을 것 같아요. 아오타 씨는 예전에 신입사원이 두 명이나 도망치기도 했고요."

베테랑인 요코 선배 앞에서는 아무도 큰소리를 치지 못한다.

"또 옛날 일을 꺼내는군. 우리가 젊었을 때는 그 정도는 힘든 것도 아니었거든."

우루시바라 씨가 나를 쳐다보았다.

"진심으로 할 거야?"

나는 이미 마음을 정하고 고개를 크게 끄덕였다.

"알았어." 나한테서 진지함을 보았는지 그는 작게 숨을 내쉬더니, 아오타 씨를 향해 덧붙였다. "안 그래도 쓸 만한 사람이 한 명 필요하던 참이었습니다. 사람을 키우는 것도 나쁘지 않겠죠. 마침 반도 사장님과 의논할 게 있으니까 제가 직접 말씀드리겠습니다."

그러고는 "그러면 되겠어?"라고 나에게 확인을 하면서 심술궂게 웃었다.

"네 취직에 큰 역할을 하는 거니까 나중에 열심히 일해서 확실히 보답해."

내가 본격적으로 장례 업계에서 일하고 싶어 한다는 이야기를 듣고 반도 사장님은 몹시 기뻐했다고 한다. 이야기가 정해지자 우루시바라 씨는 신속하게 행동했다. "내가 직접 부모님을 설득하지"라고 말하며 일부러 우리 집까지 찾아온 것이다.

우리 집에서는 부모님과 할머니까지 나와서 그를 맞이했다.

첫인상이 중요하다고 평소에 입버릇처럼 말했던 사람답게 그는 일할 때처럼 단정한 검은색 정장 차림으로 나타나, 우리 가족들에게 성실하고 부드러운 이미지를 안겨주는 것도 잊지 않았다.

우루시바라 씨는 일단 장례 업계의 미래에 대해 설명한 뒤, 자신은 반도회관에서 독립한 몸이지만 사장님의 신뢰가 두터워 내 교육을 맡았다, 나를 장차 훌륭한 장레 디렉터로 양성하고 싶다…… 그런 이야기를 그의 특기인 담담한 말투로 당당하게 말해서 우리 가족의 마음을 사로잡았다. 그러고는 "마지막으로……"라고 운을 띄우고 나서 덧붙였다.

"따님이 이런 업계에 취직하는 것에 마음이 내키지 않으실 수도 있습니다. 부모님으로서는 더 밝은 직장에서 일하길 바라실 수도 있고요. 하지만 여기는 결코 희망이 없는 곳이 아닙니다. 소중한 가족을 잃고 힘든 상황에 놓인 유족들이 처음으로 접하는 사람들이 바로 저희들이죠. 저희는 그런 유족들의 슬픔을 받아들이고 그 슬픔에 매듭을 지어줌으로써 그들이 한 걸음 앞으로 나아갈 수 있도록 도와드리고 있습니다. 물론 때로는 감정을 주체하지 못하는 유족에게 감정 이입을 해서 슬픔에 빠지기도 하지만요."

부모님과 할머니는 말없이 그의 목소리에 귀를 기울였다. 그는 다시 말을 이었다.

"이 일은 사람을 좋아하지 않으면 할 수 없습니다. 그동안 미소라 씨의 일하는 모습을 지켜보았는데, 자질이 충분합니다. 이렇게 따뜻한 가정에서 사랑을 받고 자라서인지, 미소라 씨에게는 상대를 진심으로 배려하는 따뜻한 마음이 있습니다."

온몸이 오글거리는 말은 우리 가족이 아니라 나에게 하는 말 같았다. 앞으로 정신 바짝 차리고 열심히 일하라는…….

부모님과 할머니는 그 말에 감동을 받았는지, 그를 향해 "앞으로 잘 부탁합니다"라고 말하며 고개를 숙였다.

이렇게 해서 나는 올봄부터 반도회관의 직원으로 일하기 시작했다. 매일 우루시바라 씨의 뒤를 졸졸 따라다니며 일을 배웠는데, 상대가 상대인 만큼 한시도 긴장을 늦출 수 없었다. 그리고 문득 정신을 차리자 어느새 두 달이 지나 있었다.

올해 장마철에는 비가 오지 않는다고 했는데, 덕분에 습기가 없어서 지내기 편했다.

아침에 눈을 떴더니 장마철답지 않게 커튼 사이로 밝은 햇살이 비추었다. 꿈을 꾼 것 같기도 했지만 머리가 몽롱해서 내용이 생각나지 않았다. 우루시바라 씨에게 교육을 받기 시작하고 나서는 피곤해서 꿈도 꾸지 않을 만큼 매일 정신없이 곯아떨어졌다.

오랜만에 꾼 꿈을 잊어버리기는 아깝다고 생각하면서

엄마가 아침 식사를 준비하는 주방으로 향했다. 복도에서는 맛있는 된장국 냄새가 떠다니고 있었다.

주방 문을 열었더니, 할머니가 먼저 말을 걸었다.

"일어났니?"

"어? 할머니? 오늘은 웬일이세요?"

할머니가 우리와 같이 아침 식사를 하는 일은 거의 없다. 특히 요즘은 몸 상태가 별로 좋지 않아서, 내가 출근할 때까지 일어나시지 않기 때문이다.

"미소라, 일어났어? 오늘 할머니 병원 가시는 날이거든. 이번엔 예약을 일찍 잡아달라고 했어."

엄마가 밥을 푸면서 말했다.

할머니가 한 달에 한 번 다니는 병원은 이 지역에서 가장 유명한 병원으로, 항상 사람들이 북적거린다. 예약을 해도 계속 뒤로 밀려서, 예약을 잡지 않는 거나 마찬가지라고 매번 같이 가는 엄마가 불평을 했다. 그것을 감안해서 아침 일찍 예약을 잡았나 보다.

"요즘 컨디션이 별로 좋지 않은 것 같으니까 제대로 진찰을 받는 게 좋겠어요."

간장을 건네면서 할머니의 얼굴을 본 순간, 퍼뜩 꿈의 내용이 생각났다.

언니 꿈이었다. 더구나 그곳에는 할머니도 있었다. 언니와 할머니가 집 근처의 강가에서 산책하고 있었던 것이다. 할머니는 언니 손을 잡고, 언니는 행복한 얼굴로 연신 까르르 웃었다. 어디선가 그 모습을 지켜보면서 나는 머나먼 과거의 기억을 들여다보듯 그립기도 하고 애절하기도 한 기묘한 감각에 휩싸였다.

뭐지, 이 기분은?

"미소라, 왜 그러니?"

멍하니 있던 나를 바라보면서 할머니가 고개를 갸웃거렸다.

"아무것도 아니에요."

신문을 보면서 차를 마시던 아빠가 슬며시 시계를 가리켰다.

"너, 시간은 괜찮아?"

우루시바라 씨는 시간 안 지키는 사람을 제일 싫어한다. 물론 시간을 지키는 것은 사회인으로서 최소한의 예의다. 나는 서둘러 집을 뛰쳐나왔다.

일하는 내내 할머니가 마음에 걸려서 일이 손에 잡히지 않았다. 겨우 일을 마치고 집에 왔더니 엄마가 피곤한 모습으로 부엌에서 물을 끓이고 있었다.

"나도 조금 전에 들어왔어. 일하는데 걱정할까 봐 전화 안 했는데, 오늘 할머니가 입원하셨어."

나는 엄마의 말이 끝나기도 전에 되물었다.

"그렇게 안 좋아?"

엄마는 나를 안심시키려는 듯 가볍게 미소를 지었다.

"걱정 마. 의사 선생님이 당분간 상황을 지켜보자고 하셔. 아빠가 퇴근하고 병원에 왔길래 같이 집에 왔어. 할머니가 하도 불안해하셔서 면회 시간이 끝날 때까지 있어드렸거든." 엄마는 미안한 얼굴로 비닐봉지에서 세 사람의 저녁식사를 꺼내 식탁 위에 놓았다. "오늘은 이걸로 참아."

오늘 밤은 다들 거의 말을 하지 않고 도시락을 먹었다. 이런 상황에서는 걱정해도 어쩔 수 없다. 나도 빨리 병원에 가서 할머니 얼굴을 봐야 안심할 수 있을 것 같았다.

잠들기 전에 적막한 할머니 방에 들어가 불단에 향을 피우고 두 손을 마주 잡았다.

"할머니께서 빨리 집으로 돌아올 수 있게 해주세요."

다음 날, 우루시바라 씨와 나는 외부 일정이 있을 때

종종 이용하는 패밀리 레스토랑에 있었다.

낮에서 밤으로 바뀌는 하늘은 마치 붓으로 칠한 것처럼 짙은 감색과 군청색, 조금 남은 저녁놀의 꼭두서니 색으로 뚜렷하게 나누어져 있었다.

우루시바라 씨는 예전 직장인 반도회관 사무실을 이용하고 있지만, 이동하는 도중에 의논할 일이 있을 때는 식사를 겸해 스카이트리와 가까운 이 패밀리 레스토랑을 이용하곤 했다. 조용한 곳보다 넓고 시끌벅적한 곳이 우리 존재가 눈에 띄지 않는다고 생각하는 것이다.

갑자기 들어온 장례식에 관해 상주와 미팅을 마치고 돌아가는 길이다. 이번에도 반도회관으로 들어온 일을 사장님이 그에게 넘겨주었다고 한다. 우루시바라 씨가 적임이라고 생각해 넘겨주는 일은 대부분 급한 경우가 많았다.

그는 재빨리 정식을 깨끗하게 비우고는 천천히 식후의 커피를 마셨다. 커피를 굉장히 좋아해서 하루에 적어도 서너 잔은 마신다. 참고로 좋아하는 음식은 일본 가정식이다.

나는 아직 절반 정도밖에 줄지 않은 초콜릿 파르페와 씨름하고 있었다. 컵 가장자리에 끼워진 바나나를 떨어뜨리지 않도록 한가운데의 초콜릿 아이스크림에 신중하게 스푼을 넣었다. 그 모습을 냉정하게 바라보던 그가 한숨을 내쉬었다.

"평소와 달리 힘이 없어 보이는군. 왜 디저트만 먹지? 밥을 제대로 먹어야지."

"일할 때는 식욕이 없어요. 시원하고 목 넘김이 좋은 것밖에 들어가지 않는다고 할까요……."

나를 지켜보고 있었다는 걸 알고 얼굴이 화끈 달아올랐다. 그는 내 대답을 듣고 어이없는 표정을 지었다.

"식욕이 없다면서 칼로리가 높은 파르페를 먹어? 그건 모순이잖아? 다음에는 메밀국수라도 먹어."

순간적으로 고개를 끄덕일 뻔했지만, 앞으로 자기 마음대로 메밀국수를 주문하면 곤란하다 싶어 다급히 반론했다.

"괜찮아요, 전 이게 더 좋아요."

"그건 말 안 해도 알아."

우루시바라 씨는 커피 잔을 입에 댄 채 나를 보고 히쭉 웃었다. 무례한 사람이다. 그러곤 평소처럼 감정 없는 진지한 표정으로 목소리를 낮추고 말했다.

"조금 전 시신 말인데……."

가장 안쪽 박스석일지라도 패밀리 레스토랑에서 할 이야기는 아니다. 더구나 둘 다 검은색 정장 차림인 데다 옷에는 향냄새도 배어 있다. 그것만으로도 충분히 눈에 띌 것이다.

"넌 보지도 않았는데 식욕이 없어?"

그 말을 듣고 무의식중에 시신 상태를 생각한 순간, 나도 모르게 들고 있던 스푼을 내려놓았다.

이번 고인은 젊은 여성이다. 마쓰키 나오 씨, 29세. 세상을 떠나기에는 너무 이른 나이다.

미팅을 위해 찾은 고인의 집에서 우루시바라 씨가 시신이 있는 방에 있는 동안, 나는 옆 거실에서 상주인 고인의 아버지를 상대했다. 하늘이 무너진 것처럼 절망한 상주의 모습을 보고 우루시바라 씨가 옆에 있으라고 한 것이다.

"손가락이 하나 없었어. 붕대로 감겨 있었지."

그는 눈을 가늘게 뜨며 손가락 하나를 세웠다.

"손가락요?"

나는 이마를 찡그렸다.

유족과 미팅을 할 때마다 그는 유족의 허락을 얻어 시신과 마주한다. 이번에는 자택의 이불에 누워 있는 상태였다.

진지한 얼굴로 두 손을 마주 잡고 깊숙이 고개를 숙인 뒤 엄숙하게 들여다보는 모습에서는 위화감은커녕 성스러운 의식처럼 보였다. 하지만 시신을 관찰하는 건 그의 취미다. 그는 이것을 대화라고 부르고 있다.

오랫동안 고인과 마주하는 그를 보고 유족은 "이렇게 고인을 가족처럼 생각해주는 장례 업자가 있다니……"라고 착각해서 그에게 무한한 신뢰를 보내는데, 그 모습을 볼 때마다 나는 속으로 고개를 가로젓곤 한다.

"어딘가 위화감이 들더군. 그래서 시신을 보지 않았더라도 식욕이 없는 게 아니야?"

그는 영감은 없지만 날카로운 관찰안을 가지고 있다.

그와 함께 외부를 돌아다니며 깨달았는데, 실제로 어느 상가를 가도 집안은 슬픔의 기운이 넘치고 있다.

조금 전에 갔던 마쓰키 씨 집도 형용할 수 없을 만큼 깊은 슬픔으로 가득 차 있었다. 고인의 아버지밖에 없는 집치고는 상당한 슬픔이었다. 어쩌면 이 세상에 남긴 고인의 미련이 섞여 있었을지도 모르겠다. 우루시바라 씨 말에 따르면 고인의 마음에 어떤 찌꺼기가 남아 있는지 알기만 해도 장례식에 많은 도움이 된다고 한다.

"집에 아버지 한 분만 계신 것치고는 슬픔의 에너지가 굉장했어요."

나는 그렇게 말하고 마지막 바나나를 서둘러 먹었다. 더 무서운 이야기가 나오기 전에 먹어버리기로 한 것이다. 종업원이 미리 주문해둔 커피를 가져왔다.

"내일은 고인을 모시러 가자. 그때 제대로 인사해."

시신과 일대일로 마주하라는 뜻이다.

"손가락은 왜 그런 거예요?"

"글쎄, 상주는 아무 말도 하지 않았고……."

"이번 장례식의 상주는 아버지죠? 고인은 결혼을 안 했던 걸까요?"

고인의 부모님은 오래전에 이혼해서, 어머니에게는 지금부터 연락하겠다고 했다. 부녀 둘이 생활하던 집은 적막하고 싸늘했다.

"그렇겠지."

"자식을 먼저 보낸 부모님의 모습은 언제 봐도 가슴이 아파요."

문득 우리 부모님과 할머니의 얼굴이 떠올랐다. 부모님을 남기고 먼저 세상을 떠나는 사람도, 자신의 부모님이 슬퍼하지 않길 바랄 것이다.

"더구나 딸이 결혼을 하지 않았다면 더욱 그렇겠지."

뭔가 생각하는 바가 있는지, 그는 손가락을 턱에 대고 생각에 잠긴 모습으로 중얼거렸다.

"스님은 어떻게 할까요? 우리에게 맡기겠다고 했죠?"

상가가 어느 절의 단가라면 문제는 없지만 그렇지 않은 경우에는 종파에 맞춰서 장례 업체에서 수배하기로 되어 있다.

"사토미로 하지."

"사토미 씨도 일정이 있을 테니까 확인해볼게요."

가방에서 휴대폰을 꺼내려고 하자 그는 웃으면서 고개를 가로저었다.

"괜찮아, 그 녀석은 항상 시간이 남아도니까."

"사토미 씨도 바쁘지 않을까요? 그렇게 큰 절인데……."

그는 재미있다는 듯이 다시 웃음을 터뜨렸다.

"바쁜 사람은 아버지와 형들뿐이야. 오늘처럼 날씨가 좋은 날에는 기요스미정원에 잉어라도 보러 갔을걸."

기요스미정원은 고쇼지에서 그렇게 멀지 않다. 아무리 그래도 그곳까지 잉어를 보러 갈까? 산책 코스라고 하면 그뿐이지만 역시 독특한 사람이다. 예전부터 이상하게 생각했지만 사토미 씨는 우루시바라 씨의 일을 거절하는 경우가 없다. 워낙 독특한 사람이라서 다른 장례식에서는 부르지 않는 걸까?

"걱정 마. 내가 연락해둘게."

"그럼 부탁드릴게요. 장례식장은 반도회관으로 하는 게 좋겠죠? 장의차도 있으니까 편리하고요."

"그래, 원래 반도회관에 들어온 일이기도 하고."

그는 독립한 지 그렇게 오래되지 않아서, 아직 여기저기 돌아다니며 영업을 하지 않고 예전에 있었던 반도회관의 일만 하고 있다. 대형 장례 회사와 같이 일하는 편이 장례식장을 수배하기 편한 것이다.

"어떻게 돌아가셨어요?"

뜨거운 음식을 못 먹는 내가 겨우 커피를 한 모금 마셨을 때, 그는 벌써 커피를 다 마시고 종업원을 불러 한 잔 더 주문했다.

"병으로 돌아가셨다고 하는데, 아무래도 무슨 일이 있었던 것 같아. 병에 걸렸다고 손가락이 없어지지는 않잖아? 예전부터 없었다면 이제 와서 붕대를 감지는 않았을 테고."

장례 디렉터인 그는 상주를 대신해 사망 신고서도 제출하고 있다. 첨부된 사망 진단서에는 '심장 기능 상실'이라고 되어 있었다고 한다.

"자살인가요? 타살……은 아니겠죠?"

"자택에서 돌아가신 듯한데, 경찰이 개입한 흔적은 없어. 지병이 있어서 단골 주치의가 있었던 것 같지만……." 그는 테이블에 팔꿈치를 대고 두 손을 깍지 끼며 덧붙였다. "내가 보기엔 자살 같아."

"반도회관에서는 어째서 우루시바라 씨에게 일을 넘겼을까요?"

"손가락 때문이겠지."

"손가락요?"

"그래. 요즘은 자살자가 그렇게 드물지 않아서, 자살했다고 해서 나한테 일을 넘겨주진 않아. 아마 손가락이 없는 게 마음에 걸렸을 거야."

"자살한 사람도 이 세상에 미련이 많겠죠?"

"아니야, 자살하는 사람은 의외로 후련하게 생각해. 죽고 싶어서 죽는 거니까. 이 세상에 대한 미련은 병이나 사고로 죽은 사람이 더 많지."

"그런가요……?"

그를 처음 만난 것도 자살자의 장례식이었다는 게 떠올랐다. 그때도 사토미 씨가 장례식을 진행하러 와서 그렇게 말했던 기억이 있다.

종업원이 우루시바라 씨 앞에 커피를 놓았다. 그는 이번에 우유를 듬뿍 넣고는 천천히 저었다.

"손가락은 어떻게 했을까요?"

나는 천천히 스푼을 젓는 그에게 답답함을 느끼고 재촉하듯 물었다.

"예전에 반도회관에서 한쪽 다리가 없는 시신의 장례식이 있었어. 그때 담당자는 내가 아니었지만⋯⋯. 아무튼 고인은 아직 젊은 남자였지."

"한쪽 다리가 없어요? 사고였나요?"

"그래. 트럭 밑에 깔려서 오른쪽 다리를 잃었다더군."

"으아!"

나도 모르게 이상한 소리가 튀어나왔다.

"그때 그 남자가 계속 돌아다녔어. 추모식에도 고별식에도, 자신의 오른쪽 다리를 찾아서 어슬렁어슬렁⋯⋯ 물론 보이는 사람의 눈에만 보이지만."

"아아, 큰일이네요. 그런 모습은 정말 마주하고 싶지 않은데⋯⋯."

또 갈 곳을 잃은 사람이다. 이 세상에 미련이 없더라도 자신의 상황을 모른 채 갈 곳을 잃은 망자들이 가끔 모습을 드러낸다.

"장례식이 진행되는 도중에 상황을 알고 어느새 사라 졌지만 개중에는 둔한 사람도 있으니까." 그는 나를 힐끔 쳐다보면서 말을 이었다. "그때는 유족과 조문객을 비롯 해 많은 사람이 망자를 봐서 대응하기가 힘들었던 것 같 아. 장례식에서 망자가 돌아다니는 걸 보면 다들 공황 상 태에 빠질 수밖에 없잖아? 다리를 찾는 사람만 태평하고 말이야. 물론 상당히 찾고 싶었겠지만."

그만큼 다리에 대한 집착이 강했던 걸까?

"그래서 이번에는 우루시바라 씨에게……."

그는 자신만만한 미소를 지었다.

"그런 장례식이 내 전문이니까. 망자가 마구 돌아다니 도록 하지 않고, 망자와 유족 모두 받아들이게 만들어야 해. 알고 있지?"

그의 위협적인 미소를 보고 온몸에 소름이 돋았다. 지 금도 가끔 그의 자신감이 무서워진다.

"없어진 손가락에 특별한 사연이 있나요?"

"사토미가 오면 더 얘기해주겠지. 물론 네가 직접 고인 에게 물어봐도 상관없지만."

"아니에요. 전 사토미 씨의 발끝에도 못 미치는걸요."

사토미 씨라면 나보다 훨씬 더 정확하게 고인의 마음을 이해해줄 수 있으리라.

내가 커피 잔을 내려놓길 기다렸다가 우루시바라 씨는 일정을 확인하기 시작했다. 태도는 거칠지만 일에서는 꼼꼼하고 치밀한 사람이다.

"내일은 침대차로 시신을 모셔와서 반도회관 영안실에 안치한 뒤, 모레 추모식 당일에 입관할 거야."

"네, 침대차는 오전밖에 쓸 수 없어요. 조금 이르긴 하지만 10시에 모시러 가는 게 좋겠어요. 차는 수배해놓았습니다."

지식과 경험이 부족한 나는 일단 사무적인 부분이라도 도움이 되고 싶어서 수첩을 펼치고 확인했다. 지난 두 달 사이에 사무적인 일은 거의 파악했다.

"알았어. 그러면……." 그는 깍지 낀 손 위에 턱을 올려놓더니 눈을 치켜뜨고 나를 바라보았다. "입관하기까지가 문제군. 그전에 어떻게든 손가락을 찾아야 해."

다음 날 아침, 반도회관에 갔더니 주차장에는 이미 우루시바라 씨의 차가 있었다. 벌써 출근한 것이다.

그 옆에는 검은색 침대차가 있었는데 운전석 뒤쪽에

이동 침대가 들어가는 침대차다. 깔끔하게 손질해놓아서 차체가 거울처럼 빛을 뿌리고 있었다.

우루시바라 씨는 여전히 무표정하게 서 있었다. 옆에 있는 사람은 시나 씨였다.

"시미즈 씨, 왔어? 이제 검은색 정장이 잘 어울리네."

시나 씨는 꾸밈이 없는 밝은 성격으로, 반도회관에는 매우 귀한 존재다. 무뚝뚝한 우루시바라 씨와 같이 있으면 밝음과 상쾌함이 더욱 두드러진다. 우루시바라 씨 밑에서 몇 년간 일했는데, 그의 어두운 성격에 오염되지 않은 것만으로도 존경할 만한 가치가 있다.

"시나가 자진해서 도와준대. 시신 인수는 의외로 힘을 써야 하는 일이니까."

우루시바라 씨는 그렇게 말했지만 분명히 억지로 끌고 왔으리라. 그의 말처럼 시신 인수는 결코 쉬운 일이 아니다. 특히 자택에서 모셔오는 경우에는 병원 영안실에 비해 몇 배 신경을 써야 한다. 어느 방에 있느냐도 문제이지만 바닥의 이불 위에서 들어 올려야 해서 힘도 필요하다.

"저도 보기보다 힘이 있거든요."

가슴 앞에서 두 주먹을 불끈 쥐는 내 모습을 보고 우루시바라 씨가 어이 없는 표정으로 한숨을 쉬었다. 시나 씨는 그 옆에서 쓴웃음을 지을 따름이었다.

"상주와 미팅할 때, 시신을 보지 않아서 그래."

무슨 말인지 이해가 되지 않아 어리둥절해하고 있을 때, 우루시바라 씨가 강제로 침대차에 밀어 넣었다.

"가자. 시나, 운전은 네가 해."

"선배는 여전히 사람을 함부로 다룬다니까. 길을 아니까 선배가 운전하면 되잖아요."

"내비게이션에 등록해뒀어. 나는 내 차로 갈게. 뒤에서 따라갈 테니까 엉뚱한 데로 빠지지 마."

시나 씨는 불평하면서도 운전석에 앉아 시동을 걸었다. 언제까지 지나도 우루시바라 씨의 말을 거절하지 못하는 것이다.

우루시바라 씨는 조수석 창문을 똑똑 두드리더니 나를 보면서 지시했다.

"상주에게 영정용 사진을 부탁해놨어. 사진 받으면 잊지 말고 수정 맡겨."

시나 씨의 운전은 매우 부드러워서 연신 졸음과 싸워야 했다. 반면에 우루시바라 씨의 운전은 거칠어서 조마조마함을 뛰어넘어 아무리 피곤해도 잠이 오는 일이 없었다.

차는 어느새 스미다 강을 건너 도리코에신사와 가까운 마쓰키 나오 씨 집에 도착했다.

구라마에바시 길에서 조금 들어간 한적한 주택가였다. 길이 좁은 탓에 시나 씨는 사람들의 보행에 방해가 되지 않도록 한쪽 구석에 침대차를 세웠다. 우루시바라 씨의 차는 가까운 주차장에 세워놓았다.

넓은 대지에 콘크리트 담이 웅장하게 에워싼 전통 가옥이었다. 옛날부터 있었던 집은 아니고, 일부러 전통 방식으로 디자인한 집이리라.

우리는 가져온 하얀 장갑을 꼈다. 장갑을 낄 때마다 마음이 꽉 조여드는 느낌이 들었다.

초인종을 누르자 기다렸다는 듯이 상주가 얼굴을 내밀었다. 어제와 똑같은, 피곤에 지친 얼굴이었다.

우루시바라 씨가 맨 앞에서 고개를 깊숙이 숙여 정중하게 인사한 뒤, 걱정과 위로가 뒤섞인 얼굴로 상주를 바라보았다.

"한숨도 못 주무신 것 같군요. 마음은 충분히 이해하지만 건강에 좋지 않습니다."

뒤쪽에 있는 나와 시나 씨는 조금 전과 180도 다른 그의 태도에 쓴웃음을 집어삼키며 가까스로 진지한 표정을 유지했다.

어두컴컴한 현관으로 들어간 순간, 서늘한 공기 속에 떠다니는 향냄새가 죽음의 기척을 느끼게 했다. 시나 씨가 현관 앞까지 이동 침대를 가져오고, 나와 우루시바라 씨는 방으로 들어갔다. 어제와 똑같이 이불 위에 눕혀진 나오 씨의 머리맡에서는 향이 가느다란 연기를 내뿜고 있었다. 방은 냉방이 잘 되어서 추울 정도였다.

어제 들었던 우루시바라 씨의 이야기가 떠오르면서 심장의 고동이 빨라지는 게 느껴졌다.

시신은 어떤 상태일까?

우루시바라 씨의 눈짓을 받고 이불 옆에 앉았다. 드라이아이스 양을 고려해도 가만히 누워 있는 시신의 체격은 여성치고 상당히 커 보였다.

두 손을 모으고 나서 얼굴을 덮은 하얀 천을 들춘 순간, 나도 모르게 숨을 들이마셨다.

손이 너무 떨려서 우루시바라 씨를 바라보았다. 그는 날카로운 눈길로 나를 노려보면서 재빨리 옆에 앉아 두 손을 마주 잡았다.

시나 씨가 들어오자 두 사람은 조용하고도 정중하게 시신을 들어올렸다. 그리고 놀라운 속도로 현관 앞의 이동 침대에 태우고는 침대차로 데려갔다.

그동안 나는 거실에서 어금니를 악물고 마음을 가라앉히며 상주한테서 영정 사진용 사진을 받았다. 상주에게 영정 사진에 관해 말해주는 것만이 지금의 나에게 맡겨진 유일한 일이었다.

가장 예쁘게 찍힌 사진이라면서 상주가 내민 사진은 하필 웨딩드레스 차림이었다. 그것만으로도 충분히 놀라운 일인데, 웨딩드레스를 입은 고인의 모습이 나를 더욱 혼란스럽게 만들었다. 가냘픈 모습의 고인이 기다란 레이스 자락을 끌며 단정하게 서 있었던 것이다. 시신의 체형과 너무도 다르지 않은가.

나는 심호흡을 하면서 마음을 가라앉혔다. 평정을 유지하는 게 이 일의 절대 조건이다.

"사진을 어떻게 수정할까요? 얼굴은 물론 이대로 하고, 옷은 일본식 옷이든 서양식 옷이든 얼마든지 바꿀 수 있습니다."

상주는 무슨 말인지 이해가 되지 않는지 게슴츠레한 눈으로 나를 바라보았다. 거의 잠을 자지 못한 것이리라. 아직 젊은 딸의 죽음과, 죽음에 이르기까지의 마음고생으로 감정이 모두 빠져나갔는지 표정은 몽롱하고 움직임은 완만했다.

지금까지 가족을 잃고 공황 상태에 빠진 유족을 몇 번이나 보았다. 그들과는 고인을 생각하는 공통의 마음으로 서로를 이해하는 수밖에 없다.

"따님이 굉장히 아름다워요. 이건 결혼식 사진인가요? 아름답긴 하지만 영정 사진이니까……."

"웨딩드레스는 어울리지 않는다는 건가? 그럼 어떻게 해야 하지?"

"젊은 분은 간편한 차림으로 하는 일이 많아요. 단정한 차림이 좋으시면 옷깃이 있는 블라우스나 정장 같은 것도 좋고……."

참고용 사진을 보여주려고 하자 상주는 내 말을 가로막으면서 말했다.

"그럼 그렇게 해주게."

"배경도 여러 가지가 있어서, 고인의 인품을 연상시키는 걸 선택하실 수 있습니다."

팸플릿을 가리키면서 설명했지만, 상주는 들춰보지도 않고 바로 대답했다.

"흐음, 배경도 여러 가지가 있군. 하지만 아무것도 없는 게 좋네. 너무 특이하지 않는 걸로 해주게. 이 연보라색으로 해줄 수 있겠나?"

"알겠습니다."

나는 사진을 정중하게 받아서 가져온 봉투에 넣었다. 어느새 우루시바라 씨가 옆으로 와서 내 뒤를 이어받듯이 추모식과 고별식 절차에 관해 설명했다.

잠시 후, 우리는 반도회관으로 돌아와 이동 침대를 밀고 지하 영안실에 도착했다. 시신을 다섯 구까지 안치할 수 있는 영안실은 콘크리트 벽으로 둘러싸여 있는 밀실 같은 곳이다. 1년 365일 추울 만큼 냉방이 되어 있고, 벽에 달라붙은 향냄새와 희미한 불빛 탓에 장엄한 분위기가 떠다니고 있었다.

고인을 실은 이동 침대는 얇은 벽으로 가로막힌 맨 오른쪽 공간으로 들어갔다. 우루시바라 씨는 드라이아이스 상태를 확인하고 나는 머리맡의 향로와 꽃의 위치를 바로잡은 뒤, 이름표를 놓고 향을 꽂았다. 공기의 움직임이 없는 영안실 안에서 가느다란 연기가 똑바로 피어올랐다. 우루시바라 씨와 나는 고인을 향해 조용히 두 손을 모았다.

당연하지만 고인은 계속 침묵을 지키고 있었다. 이동 침대에 태우기 전에 언뜻 본 왼손의 하얀 붕대가 망막에 선명하게 새겨져 떠나지 않았다.

영안실을 잠그고 열쇠를 반납하기 위해 사무실로 들어간 순간, 은은한 커피 향이 코로 파고들었다. 시나 씨가 느긋하게 커피를 마시고 있었다. 어제 담당했던 고별식을 마치고, 지금은 새로운 장례식을 기다리는 모양이다. 그래서 우루시바라 씨를 도와줄 수 있었나 보다.

오늘은 웬일로 점심때 고별식이 없어서, 상주하는 홀 스태프의 모습도 보이지 않았다. 내일은 도모비키라서 추모식이 없었다. 통계적인 근거는 없지만 따뜻한 계절에만 볼 수 있는 광경이다.

시나 씨가 나와 우루시바라 씨를 보고 컵을 들어올렸다.

"마실래요?"

"고마워."

우루시바라 씨는 그렇게 말하고 재빨리 의자에 앉았다.

시나 씨는 우리를 위해 커피를 가져와 우루시바라 씨의 맞은편에 앉았다. 입구 근처에 있는 커다란 테이블은 작업용 공간임과 동시에 공동으로 사용하는 공간이기도 하다.

"시미즈 씨, 영정 사진용 사진을 보여주겠어?"

시나 씨는 빨리 보고 싶어 견딜 수 없다는 얼굴로 몸을 내밀었다. 나는 가방에서 봉투를 꺼내 탁자 위에 사진을 내려놓았다.

사진 수정 기술은 눈부시게 발전하여, 지금은 작은 스냅 사진이라도 확대해 깨끗하게 영정 사진으로 만들 수 있다. 유족이 주는 건 대부분 스냅 사진이지만, 이번에는 사진관에서 제대로 찍은 웨딩드레스 모습이다. 아마 결혼식을 올리기 전에 미리 찍은 것이리라.

"와아, 아름답다!"

시나 씨가 한숨을 내쉬며 솔직한 감상을 말했다.

"네. 웨딩드레스 사진을 영정 사진으로 쓰다니…… 마음이 너무 아파요."

사진을 차분히 바라보자 시나 씨가 왜 한숨을 쉬었는지 알 수 있을 만큼 아름다웠다.

눈을 가늘게 뜨고 다정하게 미소 짓는 하얀 얼굴을, 순백의 웨딩드레스가 더욱 눈부시게 만들었다. 가슴 부분은 단순하지만 허리 주변에서 넓게 퍼진 섬세한 레이스가 그녀의 가냘픈 몸매를 한층 돋보이게 했다. 손에는 상큼하게 보이는 초록색 나뭇잎 안에 작은 꽃들이 촘촘히 박혀 있는 새하얀 부케를 들고 있었다. 옅은 초록색 배경이 그녀의 모습을 한층 선명하게 만들었다.

"부케는 애나벨이에요. 새하얀 꽃이 빼곡히 붙어 있어서 꼭 레이스처럼 보이죠? 센스가 참 좋네요."

내가 감탄했더니 시나 씨가 고개를 갸웃거렸다.

"수국의 일종으로, 애나벨이라는 품종이에요."

마치 꽃 전문가처럼 설명했지만, 실은 어젯밤에 우연히 사진집에서 봤을 뿐이다. 수국(Hydrangea)의 어원이 물을 뜻하는 'hydro'인 데다 꽃 자체가 워낙 물을 많이 먹어서 붙여진 이름이라고 생각하는 사람이 많은데, 실은 수국의 씨주머니가 물병처럼 생긴 데서 온 이름이라고 한다. 아무튼 색깔이 있는 수국과 달리 순백의 애나벨이 가진 독특한 분위기가 너무도 아름다워서 기억에 남았다.

"역시 여자는 다르군!"

감탄하는 시나 씨를 보며 더는 쓸데없는 말을 하지 않기로 했다. 계속 말했다가 무식함이 드러나면 큰일이니까.

시나 씨는 사진을 꼼꼼히 바라보더니 다시 입을 열었다.

"머리 장식도 수정해야겠군. 장식을 빼고 평범한 머리로 하면 되는데, 너무 아름다워서 수정하기가 아깝다."

"네 타입이야?"

"일반적인 느낌입니다."

두 사람의 농담을 무시하고 나는 가장 마음에 걸리는 부분을 물어보았다.

"이건 언제 찍은 사진인가요?"

시나 씨가 미간에 주름을 잡더니, 생각에 잠긴 얼굴로 다시 사진을 바라보았다.

"원래 젊은 사람이라서 잘 모르겠군. 나이 많은 어르신들은 오래된 사진을 주는 경우가 많잖아? 유족들 쪽에선 영정 사진으로 건강했던 시절의 모습을 쓰고 싶어 하니까. 최근에도 그런 경우가 있었어. 고인에게는 머리칼이 하나도 없었는데, 영정 사진에서는 머리칼이 풍성한 할아버지가 웃고 있었지. 투병 생활이 길어지는 바람에 몇 년이나 사진을 찍지 못했다고 하더군. 고인의 옛날 모습을 그리워하면서 옛날 사진을 꺼내 신중하게 선택했다더라고. 그 말을 듣고 나니 옛날 스냅 사진이라도 소중하게 간직해야겠다는 생각이 들더라."

나름대로 정리한 시나 씨의 생각을 깨끗이 무시하고, 우루시바라 씨는 커피를 마신 다음에 조용히 말했다.

"시미즈 씨가 하고 싶은 말은 사진과 시신의 체형이 너무나 다르다는 거겠지."

"네, 바로 그거예요."

그의 눈에는 내 생각이 전부 보이는 듯했다. 사진 속 고인은 말랐다고 할 만큼 가냘프고, 그로 인해 청초한 드레스와 넓게 펼쳐진 레이스가 잘 어울렸다.

"젊은 여성에게 체형 얘기는 좀 그럴 것 같아서 일부러 피했는데, 두 사람 다 확실히 말하는군. 분명히 같은 사람처럼 보이지는 않아."

시나 씨는 나름대로 고인을 배려한 모양이다. 애초에 자기 손으로 고인을 침대차에 태웠으니 알아차리지 못할 리 없다. 더구나 우루시바라 씨가 나와 둘이 옮기기 힘들다고 생각해서 시나 씨를 차출한 것이다.

"굉장히 뚱뚱했어. 솔직히 말하면 이동 침대에 태우고 나자 온몸에 진이 빠졌지. 결혼하고 마음이 편해서 살이 찐 건가?"

우루시바라 씨와 시나 씨 모두 태연하게 시신을 옮긴 줄 알았는데, 실제로는 상당히 힘들었나 보다.

"남편은 어디 있지?"

우루시바라 씨의 갑작스러운 질문을 받고 나는 황급히 대답했다.

"어제도 그렇고 오늘도 그렇고, 남편은 기척도 없었어요. 계속 아버님 혼자뿐이었죠. 그분은 고인의 친아버지죠? 고인의 어머니에게는 연락한다고 하셨는데, 사위에 대해선 한마디도 안 하셨어요."

"나오 씨도 이혼한 건가?"

"이혼해서 친정으로 돌아와도 사망하면 전남편에게 알리지 않나요? 더구나 이혼했다면 결혼식 사진을 영정 사진으로 쓸 리 없을 테고요."

"이혼의 이유는 얼마든지 있으니까. 아버지가 딸의 이혼을 꼭 부정적으로 생각한다곤 할 수 없잖아?"

그때 시나 씨가 끼어들었다.

"아버지에게 딸은 굉장히 특별해요. 어떤 이유로 이혼했든, 전남편을 좋게 생각할 리 없죠. 그런 사람과의 행복한 결혼식 사진을 선택하다니, 어떻게 된 건지 모르겠네요. 저라면 절대로 있을 수 없는 일입니다!"

마치 딸이 있는 듯한 말투였지만 그는 아직 독신에다 애인이 있다는 이야기도 들어본 적이 없다. 그래도 우루시바라 씨보다는 사람의 미묘한 감정을 아는 것 같다는 생각이 들었다.

"남편이 없다…… 즉 이혼했다고 가정하면, 그렇게 살이 찐 건 스트레스 때문일까요? 이혼하고 친정에 돌아와 실의에 빠져 과식을 하다가……."

나는 이야기를 다시 체형으로 돌렸다. 병으로 죽었다고 해도 고개가 끄덕여질 만큼 시신의 체형은 엄청난 비만 상태였다. 무의식중에 눈길을 돌리고 싶을 만큼…….

"그럴 수도 있겠지. 문제는 그 손가락이야."

"왼손의 약지! 결혼반지예요!"

나와 시나 씨가 동시에 소리쳤다.

그때 별안간 사무실 문이 활짝 열렸다.

"뭐가 이렇게 소란스러워? 재미있는 이야기라면 나도 끼워줘."

경쾌한 목소리와 함께 빙긋이 웃으며 등장한 사람은 사토미 씨였다.

"사토미 씨, 오셨어요? 그동안 격조했습니다."

시나 씨가 벌떡 일어나 정중하게 인사했다. 마치 90도로 경례하는 것 같았다.

사토미 씨에 대한 존경심이라기보다 사토미 씨의 본가인 고쇼지 때문이리라. 고쇼지는 반도회관이 계약한 진언종 풍산파의 절이라서, 아직 젊은 시나 씨는 반사적으로 저자세가 되는 것이다.

"시나 씨, 그렇게 격식 차려서 인사하지 않아도 돼."

사토미 씨는 싹싹하게 인사하는 시나 씨의 어깨를 가

볍게 두드렸다.

몇 번을 만나도 여전히 스님답지 않다. 깨끗하게 깎은 머리와 검은색 승복 차림을 보면 분명히 스님이지만, 보기 좋은 머리 모양과 하얀 피부, 이목구비가 뚜렷한 용모, 항상 웃는 얼굴, 밝은 성격의 사토미 씨는 흠잡을 곳이 없는 사람이었다. 그와 같이 있으면 아무리 긴장된 상황에서도 분위기가 좋아지는 걸 몇 번이나 경험한 적이 있다.

"오라고 해서 미안해. 어차피 바쁜 일도 없겠지만."

우루시바라 씨가 태연하게 말했다.

"도와주러 온 사람한테 너무하는 거 아니야?"

추모식에 앞서서 사토미 씨에게 고인과의 대화를 부탁한 것이다. 아무렇지도 않은 표정을 지었지만 없어진 손가락을 계속 신경 쓰고 있었나 보다.

"사토미 씨도 커피 드시겠습니까?"

시나 씨가 커피를 권하자 사토미 씨는 조용히 고개를 가로저었다.

"괜찮아. 우루시바라, 먼저 고인을 만나게 해주겠나?"

우루시바라 씨는 고개를 끄덕였다.

"알았어. 이쪽이야."

나도 따라가기 위해 조금 전에 갖다놓은 보관 상자에서 영안실 열쇠를 가져오자 우루시바라 씨가 재빨리 열쇠를 빼앗았다.

"넌 사진이나 수정해와. 이번에는 수정할 곳이 많으니까. 여기는 나와 사토미만 있으면 돼."

나는 어이가 없어서 입을 다물지 못했다. 가끔 우루시바라 씨의 이런 행동을 이해할 수 없었다. 사토미 씨와 고인의 대화를 보고 싶어 하는 내 마음을 알면서도 일부러 데려가지 않는 것이다.

우루시바라 씨는 뒤도 돌아보지 않고 사무실에서 나갔다. 사토미 씨는 미안한 얼굴로 나를 향해 한 손을 들더니 재빨리 그의 뒤를 따라갔다. 남겨진 나는 쓸쓸하기도 하고 서글프기도 했다. 오랜 친구인 두 사람 사이에는 파고들 수 없는 걸까?

일련의 상황을 보고 있던 시나 씨가 동정하는 표정을 지었다.

"선배는 여전하군. 시미즈 씨도 고생이 많겠어."

시나 씨도 우루시바라 씨 밑에 있었을 때, 지금의 나처럼 부조리한 상황을 참고 견뎠을 것이다.

"하지만 선배가 저러는 이유는 분명해. 나름대로 생각

이 있어서 그럴 거야. 진심으로 싫다는 생각이 들면 여기로 돌아와."

나는 눈물을 글썽이며 고개를 끄덕였다.

추모식과 고별식처럼 일련의 의식을 진행할 때는 영정사진 말고도 이런저런 준비가 필요하다.

상주의 요구에 따라 관과 제단, 꽃, 제물, 식사, 답례품과 인사장까지 챙겨야 할 게 한두 가지가 아니다. 거래처에 지시하는 일은 거의 우루시바라 씨가 하지만, 확인하는 일은 내 몫이다. 사무실 전화와 휴대폰을 이용해 하나씩 확인하고 있을 때 우루시바라 씨가 돌아왔다. 혼자였다.

"사토미 씨는요?"

"갔어. 완전히 녹초가 됐거든."

그렇게 말하면서 서류가 펼쳐져 있는 내 책상을 손으로 짚고는 맞은편에 털썩 앉았다. 평소와 달리 깜짝 놀랄 만큼 거친 동작이었다. 녹초가 된 사토미 씨의 모습은 상상도 되지 않았다.

"그렇게 힘드셨어요? 우루시바라 씨는 괜찮아요?"

"그래. 나는 영감이 없으니까. 넌 같이 가지 않아서 다행이야."

맞은편에 앉은 그의 얼굴을 바라보니 핏기가 하나도 없었다.

"저기, 우루시바라 씨……."

나는 목소리를 낮추며 겹쳐진 서류와 팸플릿 위에 몸을 내밀었다.

"왜?"

"마쓰키 나오 씨, 혹시 무서운 악령이 되었나요?"

그는 숙였던 얼굴을 들고는 어이없는 표정으로 나를 보았다.

"생각하는 게 참 유치하군. 애당초 난 악령이 뭔지 모르겠어."

"항상 밝고 쾌활한 사토미 씨까지 녹초가 됐다면서요? 사토미 씨는 밤새워 '저쪽 사람'을 설득해도 다음 날에는 멋지게 독경을 한 사람이잖아요? 더구나 우루시바라 씨도 안색이 창백하고요. 생기를 전부 빼앗긴 것 같아요."

나도 경험을 통해 알고 있다. 영 체험이란 자신의 에너지를 상대에게 주는 거나 마찬가지다. 상대는 내 힘을 빌려서 호소한다. 즉, 상대가 들어오기 쉽게 만들어주는 것이다.

"그렇지 않아."

그렇게 말하면서 그는 손바닥으로 자기 뺨을 감쌌다. 오기를 부리고 있지만 실제로는 상당히 지친 모양이다. 사토미 씨는 괜찮은지 걱정이 되었다.

"맛있는 커피를 마시고 싶군."

그는 의자에 앉은 채 크게 기지개를 펴면서 말했다.

"알았어요. 갖다달라는 뜻이죠?"

나는 일어서서 탕비실로 향했다.

그는 막 내린 커피에 우유와 설탕을 듬뿍 넣어 단숨에 절반을 마셨다. 그제야 겨우 살 것 같은지 크게 한숨을 내쉬었다.

"어땠어요?"

말을 걸 타이밍을 지켜보고 있다가 몸을 앞으로 내밀고 물어보자 그는 내 얼굴을 힐끔 쳐다보고 일어섰다. 웬일로 자신이 직접 가서 커피를 더 따랐다. 그대로 문 쪽을 향해 가다가 나를 돌아보았다.

"가자."

"네?"

"지하 회의실 말이야."

나는 책상 위의 서류를 서둘러 정리한 뒤, 내 컵을 들고 그의 뒤를 따랐다.

반도회관의 지하 1층에는 영안실 이외에 요리부와 생화부가 있고, 그 이외에 유족과의 미팅이나 스님 휴게실로 사용하는 3평 정도의 회의실이 있다. 이 회의실은 다른 사무실과 달리 다다미방으로 되어 있다.

계단을 내려가면서 그는 토해내듯 말했다.

"사무실에 있는 녀석들이 흥미진진한 얼굴로 우리 얘기에 귀를 쫑긋 세우고 있어서 나왔어. 그렇게 알고 싶다면 자기들이 직접 담당해보라지."

사무실에는 장례를 담당하는 장례부 직원이 몇 명 있었다. 그들이 우루시바라 씨의 일에 눈을 빛내고 귀를 기울인다는 건 나도 알고 있었다.

"이런 일은 무서우면서도 궁금하잖아요. 그런데 남이 들으면 안 되는 이야기인가요?"

회의실 옆에는 영안실이 있었다. 유난히 썰렁해서 평소에 별로 오고 싶지 않은 건 창문이 없는 데다 기온이 낮기 때문만은 아니었다.

"시미즈 씨."

그는 바닥에 앉자마자 내 얼굴을 똑바로 보았다.

"네?"

"최근에 무슨 일 있었어?"

나는 깜짝 놀라 눈을 크게 떴다.

"네? 왜 갑자기 그런 말씀을……."

"언니가 떠난 것 같아서. 아까 사토미가 없어졌다고 하더군. 언제부터지?"

갑작스러운 말을 듣고 머릿속이 새하얘졌다. 분명히 고인의 이야기 이상으로 사무실에서 할 수 있는 이야기는 아니다. 한동안 멍하니 있다가 무의식중에 어깨와 등에 팔을 돌려보았지만, 그곳에서는 언니의 기척이 느껴지지 않았다.

그 모습을 지켜보던 우루시바라 씨가 한숨을 쉬었다.

"뭐야? 지금까지 몰랐어? 여전히……."

"둔하다든지 둔감하다는 말은 그만두세요. 저도 잘 알고 있으니까요. 우루시바라 씨에게 그 말을 들으면 더욱 상처가 된단 말이에요."

나는 귀를 막았다. 그는 그 말을 묵살하고 평소처럼 담담하게 말을 이었다.

"사토미는 금방 알았나 봐. 걱정 많이 하더라."

역시 사토미 씨는 대단하다. 그러고 보니 영감이 없는 우루시바라 씨조차 체력을 빼앗길 정도인데, 내가 고인한 테서 아무것도 느끼지 못한 건 이상하다. 이틀이나 시신 옆에 있었으면서 알아차리지 못하다니. 얼마나 둔한지 새삼 깨닫고 얼굴이 화끈거렸다.

"언니는 어디 갔지?"

이 남자에게는 내가 도움이 되느냐 되지 않느냐의 문제다. 그렇게 생각한 순간, 온몸의 온기가 스윽 사라지는 듯했다.

그는 내 눈을 뚫어지게 바라보며 물었다.

"짐작 가는 게 있어? 뭐든지 말해봐. 난 네 상사야."

그답지 않은 다정한 말을 듣고 짐작이 되었다. 무슨 일이 있으면 의논 상대가 되어주라고 사토미 씨가 말한 걸까? 그렇게 생각하니 왠지 웃음이 나왔다.

그때 지난달에 꾼 꿈이 선명하게 떠올랐다. 할머니와 언니가 손을 잡고 있는 모습이었다. 짐작되는 것은 이것밖에 없다.

"우루시바라 씨."

"왜?"

"언니는 할머니 곁에 있을 거예요."

그가 의아한 표정을 지었다. 집안일을 일일이 말할 필요는 없다고 생각해서 잠자코 있었는데, 그저께 할머니가 입원했다는 말을 전했다.

"원래 심장이 좋지 않았는데, 최근에 더 나빠지셨어요. 언니는 할머니를 좋아했다고 하니까 그쪽에 있는 게 아닐까 싶어요……."

확신이 없어서 목소리는 작아지고 말의 끝부분은 거의 사라질 것처럼 기어 들어갔다. 그보다 꿈의 내용이 마음에 걸려서 갑자기 불안해졌다.

"너희 가족은 참 사이가 좋구나."

그는 진지한 얼굴로 중얼거리고 입을 다물었다.

잠시 침묵이 이어졌다. 그 순간, 그의 휴대폰이 울리며 정적을 깨뜨렸다. 조용한 지하의 밀실에서 그 소리는 몹시 크게 메아리쳤다.

"네, 우루시바라입니다. 아아, 안녕하세요."

지하 대피소 같은 공간이라서 잘 들리지 않는지, 그는 재빨리 일어나서 밖으로 나갔다.

내 마음속에서는 불안과 창피함이 어지럽게 소용돌이쳤다.

낮은 탁자에 내려놓은 컵을 들고 커피를 한 모금 마셨다. 이미 차갑게 식어서 쓰디쓴 맛이 입 안을 가득 메웠지만 그것이 오히려 정신을 바짝 차리게 만드는 자극제가 되었다.

나는 살며시 벽에 손을 댔다. 벽 너머에는 고인이 잠든 영안실이 있다. 손가락 끝에 전해지는 단단하고 서늘한 감각은 산 자의 세계와 죽은 자의 세계의 두터운 거리감을 보여주는 듯했다.

나는 마음속으로 그녀에게 말을 걸었다.

'그렇게 아름다운 웨딩드레스 차림의 당신에게, 도대체 무슨 일이 있었던 건가요?'

언니가 없어도 지금까지의 경험을 통해 감각적으로 알 수 있을 것 같아 나는 모든 신경을 고인에게 집중했다.

'순백의 드레스가 너무나 잘 어울렸어요. 저 같은 사람은 그렇게 섬세한 레이스가 달린 드레스는 입을 수 없거든요. 너무나 아름다워서 넋을 잃고 봤어요. 부케도 아름다웠고요. 작은 꽃들이 잔뜩 매달린 새하얀 수국이 나오 씨의 청초한 분위기와 잘 어울리더군요. 나오 씨, 도대체 무슨 일이 있었던 거죠? 왜 이토록 슬퍼하고 있나요?'

다음 순간, 벽에 닿은 손가락 끝에 찌릿 하고 전류가 흐르는 듯했다. 머릿속에 내 의식이 아니라 다른 의식이 퍼지는 듯한 신비한 느낌이 들었다. 오랜만에 느끼는 감각이다. 나는 손바닥을 벽에 딱 붙였다.

온다…….

그렇게 느낀 순간, 마음을 활짝 열고 긴장을 풀었다.

'사진을 봤구나. 그건 내 소중한 보물이야. 예쁘지?'

머릿속에서 목소리가 울려 퍼졌다.

"나오 씨인가요?"

'미련이 있어서 그래. 행복했던 시절에, 그리고 나에게.'

"무슨 말씀이에요?"

'내 미련이 아니라 그 사람의 미련이야.'

내 머릿속에서 나와 나오 씨가 직접 대화하는 듯한 느낌이 들었다.

"그 사람이라니…… 그 사람이 누구예요?"

'수많은 것들이 나를 칭칭 얽매고 있어. 내 마음은 지금 갇혀 있거든.'

"나오 씨, 제가 힘이 될 수 없을까요?"

나오 씨가 일방적으로 말해서 무슨 뜻인지 알아들을 수 없었다. 대화가 이루어지지 않는 건 내 힘이 부족한 데다 내 말이 그녀에게 닿지 않기 때문이다. 그녀가 잠시 말을 멈추고 조용히 생각하는 기척이 느껴졌다.

'당신은 참 착한 사람이네. 내 마음에 귀를 기울여줘서 나도 모르게 말을 하고 싶었어. 정말로 들려주고 싶은 사람에게는 내 말이 닿지 않는데…….'

언니가 없어도 그녀에게 다가가고 싶다는 내 마음이
전해졌단 말인가. 눈물이 나올 만큼 감동했다.

'계속 말하고 싶었어. 하지만 그 누구도 내 마음을 알
려고 하지 않았지. 사실은 추모식도 고별식도 하고 싶지
않아. 아무도 만나고 싶지 않아. 어차피 난 혼자니까.'

"나오 씨, 대체 무슨 일이 있었나요? 제가 들어드릴 테
니까……"

하지만 나오 씨를 이해하려고 하는 내 마음은 거센 파
도처럼 몰아치는 그녀의 격렬한 감정을 이기지 못했다.

'하지만 아버지를 위해선 어쩔 수 없겠지……'

그녀는 계속 일방적으로 자신의 마음을 토해냈다. 내
말은 듣지 않아서 대화라고 할 수 없었다. 그러나 이해할
수는 없어도 그녀의 말은 내 가슴에 닿았다. 모든 걸 포
기한 것처럼 말투는 조용했지만 한마디 한마디에 슬픔
이 담겨 있어서, 그녀가 얼마나 상처를 받았는지 가슴이
아플 만큼 전해졌다. 그녀의 심정을 이해해줄 수 없어서
너무도 안타까웠다. 나에게 뭔가를 전하고 싶어서 왔을
텐데.

이런 때, 사토미 씨라면 제대로 이야기를 듣고 그녀의
마음을 이해해주지 않았을까? 사토미 씨가 영혼과 어떻

게 대화를 하는지 꼭 보고 싶었다.

그때 전화를 마친 우루시바라 씨가 들어왔다. 그와 동시에 머릿속의 목소리가 끊어졌다.

"왜지? 아까보다 회의실 공기가 차가워졌군." 그러고는 영안실 쪽 벽에 기대어 있는 나를 보고 짤막하게 물었다. "왔어?"

나는 황급히 몸을 일으켰다. 정신을 집중하느라 어느새 벽에 바싹 달라붙어 있었던 것이다.

"말을 걸었더니 대꾸해주었어요. 말을 하고 싶었대요."

그는 천천히 방바닥에 앉고는 식은 커피를 마시며 조용히 물었다.

"고인이 뭐라고 했어?"

"누군가의 미련과 수많은 것들에 얽매여 있다고 했어요. 실은 아무도 만나고 싶지 않아서 장례식도 하고 싶지 않다고도 했고요."

"만나고 싶지 않다……."

실제로는 이미 사망했으니까 그냥 내버려두길 바라는 것이리라.

"그것뿐이었어요. 하지만 깊은 슬픔이 지금도 제 가슴속에 남아 있어요."

"언니가 없는 너에게 그렇게까지 전해지다니, 나오 씨의 슬픔이 굉장히 깊은가 보군. 아니, 혹시 같은 여자로서 너에게 말하고 싶었던 걸까……?"

생각에 잠긴 그를 보고 물었다.

"방금 전화는 누구였어요?"

"아아, 상주인 나오 씨의 아버지야. 조문객 숫자에 관한 전화였어."

오전에 고인을 모시러 간 단계에서는 조문객 숫자가 정해지지 않았다. 그때만 해도 이혼한 고인의 어머니와도 연락이 되지 않았고, 친척들과 회사 사람들, 고인의 친구 등, 어디까지 알려야 할지 판단할 수 없었으리라. 이런 일은 혼자서 결정하는 것이 힘들다.

"이제 음식이나 답례품 숫자도 정할 수 있겠네요. 얼마나 오신대요?"

"추모식에는 친척이 약 스무 명, 조문객은 약 180명. 고별식이 끝나고 화장터에는 친척들만 동행한다더군."

"네?"

인원수가 상당히 많아서 깜짝 놀라 되물었다. 조문객 숫자만 보면 큰 장례식에 속한다.

"의외네요."

"대기업의 임원이거든. 체면이라는 것도 있겠지."

그래서 고인도 '아버지를 위해선 어쩔 수 없겠지'라고 말한 걸까?

"어쩌면 고인과 아버지는 이번 장례식을 조촐하게 치르고 싶을지도 몰라. 하지만 현실이 그렇게 하도록 내버려두지 않겠지. 현실이란 건 참 골치 아픈 법이야."

그는 억양 없이 말했다.

이런 말은 조금 그렇지만 큰 장례식을 좋아하는 장례 디렉터도 있다. 장례식이 클수록 금액도 커지기 때문이다. 하지만 그에게는 그런 생각이 조금도 없는 듯했다.

그는 내 눈을 물끄러미 바라보았다.

"일이니까 너무 감정 이입할 필요는 없어. 이번 일은 사정이 복잡해서 진실을 알게 되면 괴로울 거야."

"무슨 뜻이에요?"

"지금은 장례식을 무사히 마치는 것에만 집중해."

"물론 가장 중요한 건 그거겠죠. 하지만 입버릇처럼 그러셨잖아요? 고인과 유족이 모두 이해할 수 있는 장례식으로 만들어야 한다고요."

"이번 장례식은 특별해. 더구나 어느 면에서 보면, 장례식을 형식적으로 무사히 끝내는 게 모두의 바람이라고도 할 수 있지. 고인도 그렇고 상주도 그렇고."

그가 이렇게 말하는 건 처음이었다.

"손가락은요? 왼손의 약지는 어떻게 되었나요?"

"손가락도 찾았어."

나는 너무 놀라서 말이 나오지 않았다.

"어디에도 가지 않았어, 처음부터."

이건 또 무슨 말인가? 항상 간단명료하게 말하는 사람이 왜 이렇게 에둘러 말하는 거지? 그의 이런 태도가 이해되지 않았다.

"사토미 씨와 같이 대화했을 때 알았나요?"

"그래."

"나오 씨가 말해준 거예요?"

"그래. 누군가에게는 말하고 싶었겠지. 벽 너머로 너에게까지 말을 걸었을 정도니까. 사토미는 나오 씨에게 모든 이야기를 들었어. 그리고 나오 씨와 같이 눈물을 흘리고, 울다 지쳐서 갔지."

"울다 지쳐서요?"

나는 이해가 되지 않아서 멍하니 입을 벌렸다. 사토미 씨가 울다 지쳐서 갔다니…… 도저히 믿어지지 않았다.

"그 녀석은 순수하니까. 지나칠 정도로 순수하지. 너도

246

마찬가지야. 지금 너에게 전부 말해주면 내일 일을 못할 거고, 그러면 곤란해. 장례식이 끝나면 전부 말해줄 테니까. 이번에는 어쨌든 형식적으로 무사히 끝내는 것에 전념해. 언니가 없어서 오히려 다행일지 몰라. 모든 걸 나한테 맡기고 넌 걱정하지 마."

못을 박듯 단호하게 말해서 고개를 끄덕이는 수밖에 없었다. 그리고 그대로 고개를 떨어뜨렸다. 자존심이 상해서 눈물이 나올 뻔했다.

"왜 그래?"

"아무것도 아니에요."

"자존심이 상하나 보군."

그의 가벼운 웃음을 보자 내 마음도 조금 가벼워졌다.

"오늘은 그만 집에 가도 돼. 할머니가 마음에 걸리지? 지금 굉장히 지쳐 보여."

조금 전까지 얼굴이 창백했던 남자에게는 듣고 싶지 않은 말이었지만, 그의 말처럼 온몸이 축 늘어진 건 사실이었다.

"하지만 음식도 확인해야 하고, 아직 일이……."

"나머지는 내가 알아서 할게."

"그럼 알겠어요. 고맙습니다."

그는 이 길로 같은 지하에 있는 요리부에 가려는 듯했다. 친척까지 합해서 200명의 음식을 준비하려면 지금부터 서둘러야 한다. 대기업 임원쯤 되면 초라하게 보이고 싶지 않을 테고, 조문객 숫자보다 넉넉하게 준비해야 하리라.

그와는 회의실 입구에서 헤어졌다. 헤어지기 직전에 그는 "할머니께서 빨리 건강해지시길 바랄게"라고 말해주었다.

평소보다 일찍 돌아온 집에는 아무도 없었다. 엄마도 할머니 병원에 있는 것이다.

문을 계속 닫아놓아 공기가 갇혀 있던 탓에 집 안이 후텁지근했다. 적막한 집 안은 어두컴컴하고 휑뎅그렁해서, 안 그래도 풀이 죽은 나를 더욱 쓸쓸하게 만들었다.

창문을 활짝 열고 복도와 거실, 부엌까지 눈이 닿는 곳의 전등은 전부 켰다. 겨우 안정된 곳을 발견하고 거실 소파에 앉은 순간, 입에서 깊은 한숨이 새어나왔다.

창밖을 보니 옆집 벽이 빨갛게 물들어 있었다. 저녁놀이다. 마침 잘됐다. 오늘은 할머니를 만나러 가자.

부엌 벽에 붙어 있는 버스 시간표를 보러 일어섰다. 할머니가 있는 병원까지는 순환버스를 타면 금방 갈 수 있다. 할머니 상태는 많이 안정되었다고 엄마한테서 들었다. 실제로 만나면 나도 안심할 수 있으리라. 언니가 할머니 곁에 있는지도 확인하고 싶었다.

다음 날 아침, 어제와 달리 반도회관을 향하는 마음이 가벼웠다.

어젯밤에 이틀 만에 만난 할머니는 생각보다 건강해서, 내가 가져간 푸딩을 깨끗이 비우셨다. 입원하기 전에는 식욕이 없어서 안타까울 만큼 야위었는데 조금씩 체력을 되찾고 있는 듯했다. 이 상태라면 조만간 퇴원할 수 있지 않을까 하고 가슴을 쓸어내렸다.

할머니 곁에서 느낀 언니의 조용한 기척도 나를 안심시켜주었다. 언니가 곁에 있어준 덕분에 할머니가 건강해졌을지도 모르겠다. 나는 마음속으로 '할머니를 좀 더 부탁할게'라고 언니에게 간청했다.

오늘 오후에는 고인을 입관하기로 했다. 아름다운 모습으로 딸을 보내고 싶다는 아버지의 의향에 따라 염습*에

---

* 시신을 씻긴 뒤 수의로 갈아입히고 염포로 묶는 일.

서부터 얼굴 화장까지 풀코스로 진행하기로 했다.

평소처럼 주차장에서 우루시바라 씨의 차를 발견했지만 사무실에 없는 걸 보면 이미 빈소에서 제단을 준비하고 있나 보다.

2층 빈소에 사람의 기척을 느꼈지만, 나는 곧장 유족 휴게실로 가서 불을 켰다. 입관에 맞춰 유족이 일찍 도착할 테니까 언제든지 맞이할 수 있도록 해두는 편이 좋다.

휴게실에서 나왔을 때, 멀리서 뛰어오는 요코 선배가 보였다. 이번 장례식의 홀 스태프 리더가 선배라서 마음이 든든했다. 조문객이 180명이나 되는 탓에 휴대품 보관이나 상차림에도 인원이 많이 필요했다. 대규모 장례식일수록 전체의 움직임을 파악해 정확하게 지시를 내릴 수 있는 리더의 존재는 매우 중요하다.

"미소라, 이쪽은 우리가 알아서 할 테니까 걱정 마. 그보다 우루시바라 씨한테 가봐. 지금쯤 투덜거리고 있을걸."

빈소 쪽을 신경 쓰는 선배의 말을 듣고 나도 모르게 웃음을 터뜨렸다.

"얼마 전까지 이 일을 해서 그런지, 빈소보다 이쪽이 마음에 걸려서요. 이번 장례식도 잘 부탁드립니다."

나는 정중하게 고개를 숙였다.

"우리 사이에 왜 이래? 그렇게 격식 차려서 인사할 것 없어."

선배가 웃는 얼굴로 말했다. 담백한 말투에서 따뜻함이 전해졌다.

우루시바라 씨 밑에서 일하고 나서 알았지만, 아무리 장례 디렉터가 열심히 일해도 홀 스태프의 도움이 없으면 만족할 수 있는 장례식이 되지 않는다.

진행도 하고 일정도 관리해야 하는 장례 디렉터는 장례식장에 오는 유족이나 친척, 조문객들만 상대하고 있을 수는 없다. 그들이 '여기서 장례식을 해서 좋았다'라고 생각하는 원인은 대부분 장례식 도중에 접한 홀 스태프의 대응이 좋았기 때문이다.

빈소 안에서는 거의 완성된 제단 앞에서 우루시바라 씨가 생화부 직원에게 지시를 내리면서 세심하게 균형을 조정하고 있었다. 시원한 목소리와 빠릿빠릿한 동작에서는 어제의 피곤한 모습이 눈곱만큼도 느껴지지 않았다.

"어제는 먼저 보내주셔서 고마웠습니다."

나는 재빨리 뛰어가서 고개를 숙였다. 그는 나를 힐끔 쳐다보고는 여전히 부루퉁한 얼굴로 고개를 끄덕였다.

"그렇게 고마워할 것 없어. 아무튼 오늘도 잘 부탁해."

새하얀 서양 꽃을 듬뿍 사용한 훌륭한 제단이었다. 상주와 미팅할 때 듣긴 했는데, 실물을 직접 보니 숨을 들이마실 만큼 아름다웠다.

제단 한가운데에서 주변의 꽃에 뒤지지 않을 만큼 아름다운 나오 씨가 미소를 짓고 있었다. 물론 가슴 위쪽부터 정장 차림으로 수정한 영정 사진이지만, 원래의 드레스 차림을 봐서 그런지 제단의 카사블랑카와 카네이션, 카라, 꽃도라지 등 수많은 새하얀 꽃들이 그녀가 입었던 순백의 웨딩드레스와 겹쳐서 보였다. 그때 내 시선을 끌어당기는 꽃이 있었다. 새하얀 꽃들 사이에 있는 애나벨이었다.

"우루시바라 씨……."

옆에 있는 우루시바라 씨를 향해 새하얀 수국을 가리켰더니 그는 제단을 물끄러미 바라보았다.

"그래, 마침 수국이 아름다운 계절이니까. 어제 나오 씨 사진을 보고 말했잖아? 부케 꽃이 어쩌고저쩌고하고. 이름은 잊어버렸지만 꽃가게에 물었더니 구할 수 있다고 해서 섞어달라고 했어. 상주의 의뢰도 서양 꽃이니까 마침 잘됐다고 생각해서."

그는 아무렇지도 않게 말했지만, 이런 일을 너무도 당

연하게 해내는 모습을 보면 그에게 두 손 들 수밖에 없다. 아무도 알아차리지 못할 수도 있는 세심한 배려다. 하지만 알아차린 사람에게는 틀림없이 커다란 감동으로 다가오리라.

지금 이 제단은 고인의 웨딩드레스 모습을 재현한 것이다. 사진은 수정해서 평범한 영정 사진으로 바뀌었지만, 여기에는 원래 사진 속 행복한 웃음이 자리하고 있다. 말문이 막혀서 멍하니 바라보는 사이에 우루시바라 씨가 영안실에서 고인의 시신을 가져왔다. 그와 동시에 염습사가 도착해 염습을 준비했다.

잠시 후에 상주가 도착했다.

염습에 입회하는 사람은 상주인 아버지와, 지금은 요코하마에 산다는 어머니(재혼했다고 하는데 딸의 장례식에는 참석하지 않을 수 없었으리라), 그리고 나오 씨의 친조부모까지 모두 네 분이었다. 염습 의식은 조용하게 시작되었다.

여기부터는 전부 염습사에게 맡기고, 나와 우루시바라 씨는 뒤쪽에서 조용히 지켜보았다.

그곳에는 아직 젊은 딸의 죽음을 애도하는 가족의 조용한 침묵이 자리했다.

염습과 옅은 화장을 마치고 관에 안치된 나오 씨의 모습을 보니, 비록 체형이 바뀌었다곤 하지만 원래의 얼굴이 매우 아름다웠음을 알 수 있었다.

유족들은 나오 씨의 관을 에워싸고, 하얀 수의 안에 있는 그녀의 모습을 내려다보았다. 아버지는 아무 말이 없었고, 어머니는 갑작스러운 소식과 몰라보게 변한 딸의 모습에 할 말을 잃은 채 손수건을 입에 대고 어깨를 떨고 있었다.

앞으로 아무리 많이 경험해도 이 광경에 익숙해지는 일은 없으리라. 아니, 익숙해지면 안 된다. 타인의 슬픔을 아무런 감정 없이 바라보면 안 되는 것이다.

유족들에게 잠시 시간을 준 뒤, 우루시바라 씨는 뚜껑을 덮기 전에 관에 넣고 싶은 게 없느냐고 물었다. 그러자 상주가 품에서 뭔가를 꺼내더니, 주먹을 꽉 쥔 채 몸을 숙이고 관을 들여다보았다. 미팅할 때 부장품이 있으면 준비하라고 말했던 것이다.

우리가 지켜보는 가운데, 상주가 조심스레 관에 넣은 건 부적 주머니 같은 작은 주머니였다. 그 모습을 보고 나서 나와 우루시바라 씨는 관에 뚜껑을 덮고 제단 앞에 안치했다.

"수고 많으셨습니다. 추모식까지는 아직 시간이 있으니까 휴게실에서 차라도 드시며 편히 계십시오. 물론 여기서 고인 곁에 계셔도 상관없습니다."

그러자 어머니는 다시 천천히 관 옆으로 다가가더니 "나오, 나오……"라고 부르며 울먹였다. 그런 어머니에게 다가가려고 아버지가 살며시 앞으로 나왔다.

나는 도야마에서 왔다는 나오 씨의 친조부모를 휴게실로 안내했다.

차를 드리자 소박한 모습의 두 사람은 의외로 냉정하게 앞다투어 말하기 시작했다. 원래 말이 많은 성격이리라. 갑자기 연락을 받고 처음에는 깜짝 놀랐다는 것, 하지만 이미 몇 년이나 만나지 않았다는 것, 상주는 다섯 형제라는 것. 상주 혼자 고향인 도야마를 떠나 도쿄로 상경했다는 것, 다른 형제들은 고향에서 농사를 짓고 있는데, 혼자만 도시에서 성공한 자랑스러운 아들이라는 것, 고향으로 내려오는 일은 거의 없어서 어느새 소원해졌다는 것…….

추모식에는 도야마에서 다른 형제들과 그들의 가족이 도착한다고 한다. 그 말을 들으니 친척들이 스무 명이라는 것도 이해가 되었다.

"시집도 못 가고 죽다니, 불쌍해서 어쩌누⋯⋯."

할머니가 차를 마시면서 간절하게 중얼거린 말이 머릿속에서 메아리쳤다.

나는 휴게실을 나와 제단 앞에서 전부인과 이야기하는 상주를 멀리서 바라보았다.

딸을 잃은 두 사람이 무슨 말을 하는지 마음에 걸렸지만, 유족의 대화를 훔쳐 듣는 걸 우루시바라 씨가 알았다간 날벼락이 떨어지리라. 이번에 내게 주어진 가장 중요한 일은 그가 말한 것처럼 장례식을 무사히 마치는 것이었다.

로비와 빈소는 모두 시장통처럼 시끌벅적했다. 조문객이 180명이란 예측은 완전히 빗나가서, 그보다 훨씬 많았다. 엘리베이터 문이 열릴 때마다 문상복을 입은 사람들이 우르르 쏟아졌다. 빈소와 로비에는 사람들로 발 디딜틈이 없어서, 직원들이 움직이기도 만만치 않았다. 요코 선배가 황급히 창고에서 추가 의자를 가져왔다.

조문객들이 예정보다 많을 듯한 기미가 보이자 우루시바라 씨는 곧바로 접수처를 2층에서 1층의 엘리베이터 홀로 변경했다. 다행히 오늘은 나오 씨의 추모식밖에 없었다. 조문객들은 대부분 상주가 다니는 회사의 관계자인 듯했다. 접수를 도와주고 있는 사람은 아마 아랫사람이리라.

나오 씨의 친구처럼 보이는 사람은 거의 보이지 않았다. 어쩌면 그녀의 마음을 알아차리고 일부러 참석하지 않았을지도 모르겠다.

상주가 전부인이나 친척들을 많이 부른 건 두 가지 이유에서였다. 회사 사람들에게는 자신의 체면을 지키기 위해서였고, 고향의 친척들에게는 자신이 얼마나 큰 회사에 다니고 얼마나 사회적으로 성공했는지 보여주기 위해서였다.

어제 나오 씨와 잠시 이야기를 나누어서 그런지, 그녀와 직접 관계가 없는 조문객들만 있는 편이 오히려 좋다는 생각이 들었다. 그들의 목적은 단지 조의를 표하고 분향을 하면서 상주에게 눈도장을 찍는 것이다. 관의 창을 통해 고인의 얼굴을 들여다보는 사람도 없고, 병으로 사망했다는 말을 듣고 하나같이 '세상에, 아직 젊은 나이에 가엾기도 해라'라고 생각할 뿐이다. 관에서 잠든 그녀의 모습과 영정 사진과의 차이를 알아차리는 사람도 없다.

추모식이 시작되기 30분 전에 사토미 씨가 도착했다.

2층과 3층 휴게실은 수많은 친척들이 차지해서, 그는 지하 회의실에서 옷을 갈아입고 추모식이 시작되길 기다렸다. 나와 우루시바라 씨가 회의실에 얼굴을 내밀었더니 쑥스러운 얼굴에 미소를 담았다.

"이거야 원. 어제는 한심한 모습을 보여서 면목 없어."

"마음에 없는 말은 하지 마. 어쨌든 건강해 보여서 다행이군."

우루시바라 씨도 걱정했던 모양이다.

요코 선배가 가져온 차를 마시며 사토미 씨가 물었다.

"오늘은 어때?"

"놀랄 만큼 아무 일도 없어. 어제 네가 차분히 얘기를 들어줘서 그런가 봐. 아버지는 자신의 체면만 생각하는 굉장한 속물이야. 딸도 걱정되기는 하겠지만 결국 나오 씨의 마음은 하나도 이해해주지 않았어. 결국 나오 씨 혼자 모든 걸 껴안는 수밖에 없었을 거야."

"그랬겠군."

사토미 씨가 쓸쓸한 얼굴로 고개를 끄덕였다.

나는 나오 씨에게 무슨 일이 있었는지 아직 모른다. 하지만 사토미 씨나 우루시바라 씨가 그녀의 고통과 슬픔에 제대로 공감하고 있다는 건 확실했다.

"장례식이 무사히 끝나도록 열심히 일할 테니까 나중에 전부 말씀해주세요. 저도 나오 씨의 마음을 이해해주고 싶어요."

우루시바라 씨는 말없이 고개를 끄덕였다.

빈소에 흐르던 조용한 음악이 끊어졌다. 한순간 정적이 감돌고 나서 "스님께서 입장하시겠습니다"라는 조용하면서도 엄숙한 우루시바라 씨의 말로 추모식이 시작되었다.

분향을 안내하기로 되어 있는 나는 빈소 입구에서 조심스럽게 추모식을 지켜보았다. 식사 자리와 구분하는 파티션의 바로 앞까지 의자가 놓이고, 조문객들이 조금의 틈도 없이 앉아 있었다. 그래도 들어가지 못한 사람들은 로비에서 분향 순서를 기다리는 상황이었다.

사토미 씨의 독경이 시작되었다. 주변이 찬물을 끼얹은 듯 조용해지면서, 넓은 공간에는 아련한 향냄새와 함께 낭랑한 독경 소리만이 이리저리 흔들렸다.

사람들이 이렇게 많은데 어찌 이토록 조용할 수 있을까? 사토미 씨의 목소리만이 조용한 공간을 가득 메웠다.

우루시바라 씨는 사회자석에서 단정한 모습으로 서 있

었다. 얇은 입술을 굳게 다물고, 독경에 귀를 기울이면서 가만히 제단을 바라보았다.

나도 그의 시선을 따라서 제단을 바라보았다. 부디 나오 씨가 편안히 쉴 수 있길 바라면서.

그때 내 시야에 걸리는 게 있었다.

뭔가 이상하다.

관 근처에 뭔가가 있다.

이럴 때 언니가 있었다면 뭐가 있는지 알 수 있을 텐데.

곁눈으로 우루시바라 씨를 힐끔 쳐다보았다. 그는 조금 전과 다름없이 가만히 제단을 바라보았다.

사토미 씨는 어떨까? 나도 느낄 정도이니까 그의 눈에는 당연히 보이지 않을까?

하지만 그는 똑같은 모습으로 경을 읊조릴 뿐이었다.

나는 마른침을 삼키고 의식을 집중해서 관을 뚫어지게 바라보았다. 관에 기대는 듯한 기척은 평온하고 다정한 분위기를 내뿜고 있었다. 이 자리에 어울리지 않는 이질적인 기척인데도 꺼림칙한 느낌이 조금도 들지 않았다.

마음을 편안하게 만들어주는 사토미 씨의 독경 소리가 계속 이어졌다.

분향이 시작되었다. 우루시바라 씨가 상주와 친척순으로

이름을 부르고, 내가 그들을 안내했다. 평소와 똑같았다.

조문객의 줄은 질서 있게 이어졌지만 분향은 좀처럼 끝나지 않았다. 분향이 끝난 사람부터 식사 자리로 들어갔다. 그쪽도 지금은 대단히 혼잡하리라.

겨우 분향이 끝나고, 기나긴 추모식을 훌륭하게 마친 사토미 씨가 퇴장했다.

독경이 끝났을 때는 관 옆의 기척이 사라졌다. 마치 피어오르는 향의 연기와 함께 사라진 것처럼.

식사 자리에서는 상주가 회사 관계자들에게 인사를 하며 돌아다니고, 회사 관계자들은 상주의 어깨를 두드리면서 위로했다. 아직 남아 있는 사람들은 회사에서도 상주와 가까운 사람들과 친척들뿐이었다. 나오 씨의 어머니는 오랜만에 만난 옛 시부모님과 이야기를 나누고 있었다.

이 시간은 상주들의 시간이다. 이 자리에 온 사람들이 고인을 그리워하면서 식사를 하고 대화를 나누는 시간인 것이다. 그 시간을 만들어주는 건 요코 선배를 비롯한 홀 스태프의 일이다. 빈 잔을 치우거나 모자란 음료수를 채워주며 바쁘게 돌아다니는 모습을 보니 예전의 나를 보는 듯했다. 식사 상황을 확인한 뒤, 나와 우루시바라 씨는 조용히 빈소로 돌아왔다.

조용한 빈소에는 나와 우루시바라 씨뿐이다. 조문객으로 넘쳤던 모습을 본 직후라서 그런지 다른 때보다 더 넓게 느껴졌다.

나오 씨의 죽음을 애도하는 차분한 음악이 흐르고, 향로에서는 아직 가느다란 연기가 피어오르고 있었다. 영정 사진에서는 나오 씨가 새하얀 빛을 받으며 환하게 웃고 있었다.

평온했다. 옆의 식사 공간에서는 사람들이 시끌벅적 떠들고 있는데, 이곳은 딴 세계처럼 고요해서 '삶'이 지나간 후의 세계를 떠올리게 만들었다.

나는 이 분위기를 좋아한다. 고별식이 끝나면 출관을 하기 때문에 그때부터는 부산스러워진다. 따라서 조용한 여운에 잠길 수 있는 건 추모식이 끝난 이때뿐이다.

우루시바라 씨는 평소처럼 사회석에서 고별식 진행표를 보고 있었다.

아직 장례식이 끝난 게 아니다. 상주들의 식사가 끝날 무렵에는 이곳에서 묵을 사람과 화장터까지 동행할 사람의 인원수를 확인해야 한다. 그래도 일을 하나 끝냈다는 마음은 나와 똑같으리라. 조심스럽게 다가가자 나를 알아차리고 얼굴을 들었다.

"추모식은 무사히 끝났군."

"네, 수고 많으셨습니다."

추모식 도중에 느낀 기척에 대해 말했더니 그는 "그래?"라고 중얼거렸다. 그 말만으로 뭔가를 알아차렸는지, 그대로 얼굴을 들고 눈을 가늘게 뜬 채 제단을 보았다.

"나오 씨의 남편이 있었나 보군."

"남편요?"

예상치 못한 말을 듣고 엉겁결에 목소리가 높아져서 황급히 두 손으로 입을 막았다.

그 기척이 남편이라는 말은 남편도 이미 영혼이 되었다는 말이다. 즉, 이미 저세상 사람이라는 뜻이다.

사태를 이해하지 못해 혼란스러워하는 내 모습이 재미있는지, 웃음을 집어삼키는 그의 입매가 느슨해졌다. 항상 딱딱했던 분위기가 기이할 정도로 온화해졌다.

"다 사토미 덕분이야. 내일 고별식은 좋은 여행이 될 거야. 가자."

그는 나를 재촉하더니 재빨리 앞장서서 걸었다. 항상 나는 향냄새가 코끝을 스쳤다.

그가 나를 데려간 곳은 지하 회의실이었다. 검은색 승

복으로 갈아입은 사토미 씨가 차를 마시고 있었다.

"사토미, 독경을 오래 하느라 힘들었지?"

"그래, 이렇게 길게 한 건 처음이야. 목이 바싹바싹 마르더라."

말과는 반대로 사토미 씨는 밝은 목소리로 대꾸했다.

나는 낮은 탁자에 있는 찻잔이 비어 있는 걸 알아차리고 재빨리 차를 따라주었다. 그리고 우루시바라 씨 앞에도 찻잔을 놓고 나서 자세를 바로 했다.

"이제 말씀해주시겠어요?"

탁자를 사이에 두고 맞은편에 앉은 우루시바라 씨와 사토미 씨가 내 얼굴을 똑바로 쳐다보았다.

"미소라 씨, 혹시 알아차렸어?"

사토미 씨가 다정하게 물었다.

"관 근처에서 기척을 느꼈어요. 그것 말씀이시죠?"

"미소라 씨가 느낀 기척은 어땠어?"

나는 빈소에서 받은 느낌을 그대로 전했다.

"그래, 고인을 사랑하면서도 가여워하는 느낌이 들었겠지. 알았어, 나오 씨 남편이란 걸?"

"아뇨, 우루시바라 씨한테 듣고 깜짝 놀랐어요."

"나오 씨 남편은 미소라 씨 언니처럼 계속 아내 곁에 있었어."

머릿속이 혼란스러워졌다. 남편분은 언제, 어떻게 세상을 떠났을까? 그 후에 어떻게 됐을까? 지금까지 그녀에게 느낀 수많은 의문점이 머릿속에서 빙글빙글 소용돌이쳤다.

"남편이 있었는데, 왜 나오 씨를 도와주지 않았죠?"

내 질문을 듣고 사토미 씨는 슬픈 표정을 지었다.

"나오 씨는 남편이 곁에 있다는 걸 알아차리지 못했어. 마음의 문을 꽉 닫아버린 탓에 아무리 남편의 마음이 강렬해도 느낄 수 없었지. 이번 일을 접하면서 우리처럼 그들을 느끼는 사람이 특별하다는 걸 새삼 깨닫게 되었어. 남편도 곁에서 많이 안타까웠을 거야."

"사토미, 피곤할 텐데 미안하지만 어제 나한테 말해줬던 것처럼 처음부터 설명해줘. 시미즈 씨는 의외로 둔해서 그렇게 말하면 못 알아듣거든."

자존심은 상하지만 우루시바라 씨 말처럼 무슨 말인지 이해할 수 없었다.

"알았어. 좀 길긴 하지만 이건 나오 씨한테 직접 들은 이야기야."

"네, 말씀해주세요."

"나오 씨에겐 결혼을 약속하고 사귀던 사람이 있었지."

"그 사람이 남편인가요?"

"그래. 하지만 이야기는 그렇게 간단하지 않아." 사토미 씨는 자세를 바로 하더니 나를 똑바로 바라보며 말을 이었다. "양가 허락을 받고 드디어 결혼하려고 했을 때, 그 약혼자에게 악성 종양이 발견되었어. 암이 상당히 진행되었다고 하더군."

그럴 수가. 행복의 절정에서 별안간 지옥의 밑바닥으로 떨어지다니……

"나오 씨 아버지는 당연히 결혼을 반대했어. 이혼하고 자기 혼자서 애지중지 키운 딸이니까. 암이 상당히 진행되었다면 완치되지 않을지도 모르고, 앞으로 언제까지 치료해야 할지도 몰라. 어쩌면 몇 년 후에 사망할지도 모르고. 그러면 생활은 당연히 불안정해지지. 소중한 딸을 앞이 보이지 않는 길로 가게 놔둘 수는 없었을 거야."

"그 마음은 충분히 이해할 수 있어요. 세상에는 건강한 남자가 얼마든지 있으니까요."

"그럼에도 나오 씨는 그 사람을 선택했지."

만약에 그런 경우였다면 나도 그렇게 했으리라.

"나오 씨는 기적을 믿고 싶어 했어. 설령 기적이 일어나지 않더라도, 비록 몇 년뿐일지라도 사랑하는 사람과 같이 있는 길을 선택했지. 둘이 어려움을 극복하려고 운명적으로 만난 게 아닐까 하는 생각마저 들었다더군."

"그런데 아버지는 그걸 허락하지 않았어. 이 세상에 기적은 일어나지 않는다, 그건 너의 안이한 생각이라고 하면서. 계산적이고 체면을 중시하는 그 아버지가 할 법한 말이지?"

천성이 착한 사토미 씨가 말하지 않을 만한 부분은 우루시바라 씨가 보충 설명했다.

"나오 씨는 집을 나왔어. 두 사람은 멀리 도망쳐서 같이 살기 시작했지."

"그때 나오 씨는 친정에 있었던 자기 물건을 전부 처분했다고 하더군. 다시는 아버지 곁으로 돌아가지 않겠다고 각오하면서. 그래서 나오 씨 사진이 한 장도 남아 있지 않은 거야."

영정 사진으로 쓴 사진이 웨딩드레스 차림이었던 이유가 이해되었다. 특별히 그 사진을 선택한 게 아니라 그 사진밖에 없었던 것이다.

"남편이 입원하기 전에 두 사람은 혼인 신고를 했어. 나오 씨 각오가 어느 정도였는지 알겠지? 그때 결혼반지를 만들었대. 치료가 길어지면 돈이 얼마나 들지 모르잖아?
지금밖에 없다고 생각해서 같은 무렵에 사진도 찍었지.
결혼식은 하지 않았지만 말이야. 어쨌든 두 사람이 하나
가 되었다는 사실을 형태로 해두고 싶었다더군."

"그 마음은 알 것 같아요."

"아마 남편 쪽도 고민을 많이 했을 거야. 앞으로 얼마
나 살 수 있을지 모르는 상태에서, 자기만을 위해 같이
살자고 말할 수 없잖아? 나오 씨를 깊이 사랑했던 만큼
더욱 말할 수 없었겠지. 그래서 헤어지자고 말했다더군.
자신을 잊고 행복하게 살라고. 나오 씨 인생을 위해서는
그게 가장 좋은 길이라고."

"그 말을 듣고 나오 씨는 얼마나 괴로웠을까요?"

"그래. 남편과 결혼하기로 결심하고도 많이 괴로웠을
거야."

사토미 씨가 입을 다물고 잠시 침묵이 찾아왔다. 그 후
에 어떻게 되었는지 알고 있는 그에게 다음 이야기를 재
촉하는 건 마음이 아팠지만, 그래도 나오 씨에 관해 더
알려면 어쩔 수 없었다.

"두 사람은 얼마나 같이 있을 수 있었나요?"

"······2년."

"겨우 2년요……?"

"그래, 나오 씨는 결국 아버지 집으로 돌아올 수밖에 없었지."

"남편은요? 그쪽 본가에서는 어떻게 했나요?"

"반대를 무릅쓰고 같이 살고 나서는 모든 연락을 끊었는데, 세상을 떠난 후에는 알릴 수밖에 없잖아? 시부모님은 나오 씨에게 고개를 숙여 사과했다고 하더군. 그녀의 인생을 엉망으로 만들었다고 말이야. 결혼 자체를 없었던 걸로 하는 게 좋겠다면서 장례식과 납골을 자기들끼리 끝냈대. 인생이 엉망이 될지 안 될지는 나오 씨 본인밖에 모르는데 말이야. 비록 2년간 병마와 싸우면서 지냈을지라도, 사랑하는 남편을 정성껏 돌본 소중한 시간이었을 텐데……."

사토미 씨는 슬픈 표정을 지으며 고개를 떨어뜨렸다. 우루시바라 씨가 담담한 목소리로 말을 받았다.

"본가로 돌아오고 나서도 나오 씨의 고통은 끝나지 않았어."

"아직 끝이 아닌가요?"

사토미 씨가 침통한 얼굴로 고개를 끄덕였다.

"지금부터 시작이야. 혼자 남은 나오 씨에게 유일한 버팀목은 남편과 지낸 추억뿐이었지. 그 증거가 두 사람의 결혼반지야. 그녀는 자기 반지는 항상 왼손에 끼고 있었고, 남편의 반지는 펜던트처럼 목걸이에 걸어서 잠시도 몸에서 떼지 않았지. 남편이 입원한 후에 살이 빠지며 반지가 헐거워지는 바람에, 남편 반지도 나오 씨가 가지고 있었거든."

"그때 다시 계산적이고 체면만 중시하는 아버지가 등장했지."

"우루시바라, 넌 좀 가만히 있어!" 사토미 씨는 우루시바라 씨를 가볍게 흘겨보고 말을 이었다. "아버지로서는 삶의 의욕을 잃어버리고 집에만 틀어박혀 있는 나오 씨를 다시 일어서게 만들고 싶었겠지. 더구나 딸아이를 이 지경으로 만든 사위에게 화가 나서, 당장 반지를 빼라고 호통을 쳤다더라고. 물론 나오 씨는 그 말을 귓등으로도 듣지 않았지. 그러던 어느 날, 딸의 새 출발을 바란 아버지는 자기가 점찍어둔 회사 직원을 집으로 데려왔어. 그로 인해 심한 말다툼이 벌어진 날, 아버지가 나오 씨 목에 있는 남편의 반지를 빼앗았대."

"어떻게 그런 일을! 나오 씨에겐 그것만이 유일한 버팀목인데……."

"그래. 버팀목을 잃어버린 나오 씨는 절망의 늪에 빠져 아버지에게 마음의 문을 닫았어. 나오 씨의 몸은 그녀의 의지로 그렇게 된 거야."

"무슨 말씀이세요?"

"몸이 추하게 변하면 아무도 자신에게 관심을 갖지 않을 거라고 생각했대. 그래서 일부러 살을 찌우려고 매일 먹고 또 먹었지. 살이 찌면 아버지도 남자를 소개하려는 마음을 포기할 수밖에 없을 테니까. 실제로 아버지는 집에 아무도 데려오지 않게 되었지. 그토록 아름다웠던 딸이 보기 싫을 만큼 살이 찌고 추해지는 모습을 지켜봐야 했던 아버지 심정은 어땠을까? 더구나 그 결과, 손가락이 굵어지는 바람에 아버지가 그토록 빼라고 했던 반지도 뺄 수 없게 됐지."

"그 아버지 자존심으론 그런 딸을 세상에 내놓고 싶지 않았을 거야. 그러는 사이에 아버지는 딸을 포기했고, 두 사람의 관계는 완전히 냉랭해졌지."

옆에서 덧붙인 우루시바라 씨의 목소리가 평소와 달리 날카로웠다.

"나오 씨는 어떻게 됐어요?"

"혼자 방에 틀어박힌 순간, 이번에는 온갖 사념들이 덮치는 바람에 지옥 같았다고 하더군. 남편과 사랑했던 기억, 남편을 잃어버린 상실감, 남편이 죽자마자 허울 좋은 말을 앞세우며 모든 걸 빼앗아간 시부모에 대한 원망, 자신을 이해해주지 않는 아버지에 대한 실망, 딸로서 아버지에게 죄송한 마음……. 어떻게 해야 좋을지 몰라 절망에 빠진 상태에서도 그저 남편이 보고 싶었다고 하더군. 남편의 가슴에 매달려 마음껏 소리 내어 울었으면, 그러면 남편은 자신의 등을 다정하게 어루만져줄 텐데……. 가뜩이나 암과 싸우느라 힘든 남편에게 약한 소리를 할 수 없어서, 그동안 마음 놓고 울지도 못했나 봐. 남편에게 매달리고 싶은 마음을 계속 억누르며 살았겠지. 혼자가 된 후에는 더욱 자신을 사랑해주는 존재를 느끼고 싶었을 거야. 그리고……."

사토미 씨가 잠시 말을 끊고 고개를 숙였다. 우루시바라 씨는 입을 다물고 눈을 감았다. 나는 숨을 죽이고 다음 말을 기다렸다. 듣고 싶지만 듣기가 무서워서 두 손을 꼭 움켜쥐었다.

"괴로움에 몸부림치던 어느 날 밤, 그녀는 결국 이로 약지를 물어뜯었어. 남편 곁으로 가고 싶다, 남편과 하나가 되고 싶다……. 그런 간절한 마음에 사로잡혀 충동적

272

으로 그렇게 했나 봐. 반지와 함께 약지를 삼킨 순간, 겨우 남편과 하나가 되었다고 생각했대."

나는 아무 말도 할 수 없어서 입술을 깨물었다.

사무실을 비추는 불빛이 어두워진 듯한 느낌이 들었다. 내 마음이 어두워진 탓일까? 그녀의 마음속에 간신히 남아 있던 작은 불꽃이 완전히 사라졌다……. 그런 모습이 눈에 떠오르는 듯했다.

"이제 알겠지? 손가락이 기도를 막으면서 그녀는 숨을 쉴 수 없게 되었고, 몸은 쇼크 상태에 빠졌지. 급격하게 살이 찐 탓에 심장도 많이 약해져 있었고. 퇴근하고 집에 온 아버지가 딸의 신음을 듣고 단골 병원의 주치의를 불렀지만 이미 손쓸 수 없었나 봐."

참담한 상황을 머릿속에 떠올리다가 그만두었다. 너무나 무서웠다.

"그래서 나오 씨는……."

"누구에게도 마음을 털어놓지 못한 채 혼자 모든 걸 떠안고 숨을 거두었어. 물론 슬픔만 떠안은 건 아니었을 거야. 비록 병에 걸렸지만 남편과 보냈던 행복한 시간, 혼자 극복한 남편의 죽음, 그 이후에 이어진 괴로운 일들. 그런 이야기를 들어주고 그녀를 이해해주는 사람이 있었으면 좋았을 텐데."

긴 이야기를 마치고 사토미 씨는 차갑게 식은 차로 입술을 적셨다.

"나오 씨의 심정을 생각하니 너무도 안타까워서 어제는 눈물이 멈추지 않더군. 내가 해줄 수 있는 일은 없을까 해서 말이야. 그동안 벌어졌던 수많은 일들이 그녀에게 나쁜 영향을 주었지. 아버지와 시부모가 한 일도 그녀가 마음을 닫게 만드는 계기가 되었고. 그녀가 하루 종일 혼자 어떤 심정으로 있었을지 생각하니 내 마음에도 슬픔이 밀려와서……."

사토미 씨는 승복 자락으로 눈에 고인 눈물을 살며시 닦아냈다.

"그런데 남편분은 왜 갑자기 나타난 거죠? 사토미 씨는 어제부터 아셨어요?"

사토미 씨가 고개를 가로저었다.

"나도 미소라 씨처럼 조금 전에 알았어."

나는 고개를 갸웃거렸다. 나도 어제까지는 그녀의 기척밖에 느낄 수 없었다.

"반지 때문이겠지."

우루시바라 씨의 중얼거림을 듣고 사토미 씨는 고개를

끄덕였다.

"남편은 행복한 기억이 담긴 자기 반지에 깃들어 있었던 것 같아. 그런데 아버지가 그 반지를 빼앗아버렸지. 그게 겨우 나오 씨 곁으로 돌아온 거야."

"그 부적 주머니 말인가요? 부장품으로 아버지가 관에 넣어준……."

"그럴 거야."

"사람이 죽는다는 건 이런 거야. 아무리 깊이 사랑해도, 아무리 간절히 생각해도 살아 있는 사람의 마음엔 닿지 않아. 그토록 사랑했던 나오 씨와 남편 사이에서도. 반지에 깃들어 곁에 있었는데도 서로 마음이 통하지 않았지. 그렇게 생각했더니 가슴이 무너지더군."

그녀가 나에게 말했던 '그 사람의 미련'이란 건, 남편의 애절한 심정이었으리라. 모든 걸 내던지고 자신을 선택한 아내를 남기고 떠나는 심정이 어떠했을까?

"세상에는 사랑받은 기억만으로도 살 수 있는 사람이 많아. 가까운 곳에서 남편의 존재를 느꼈다면 나오 씨도 이렇게 되지 않았을 거야."

"그래, 사람은 참 섬세한 동물이야. 사소한 걸로 강해지기도 하고 약해지기도 하지."

이 두 사람과 같이 있으면 혼자서는 깨닫지 못했던 많은 걸 깨닫게 된다.

"나오 씨는 결국 남편을 만났잖아요?"

어느새 흘러내린 눈물을 닦고 얼굴을 들자 사토미 씨가 웃으면서 고개를 끄덕였다.

"그래, 겨우 그렇게 됐지. 앞으로는 계속 같이 있을 수 있을 거야."

"내일은 두 사람이 함께 여행을 떠날 거야. 가장 멋진 고별식으로 배웅해주자."

일을 할 때는 언제나 그렇듯이, 우루시바라 씨는 결연하게 말했다. 하지만 목소리에는 따뜻함이 배어 있었다.

다음 날은 맑고 쾌청했다.

초여름의 햇살은 눈부시게 빛나고, 상큼한 바람은 무성한 벚나무 이파리를 다정하게 어루만졌다. 푸르름이 가득한 이파리 사이로 밝은 햇살이 스며들었다. 화장터 주변은 세상에서 동떨어진 것처럼 짙은 초록색으로 뒤덮여 있었다.

"6월의 신부……."

나도 모르게 입을 뚫고 나온 중얼거림을 옆에 있는 남

자는 듣지 못한 모양이었다.

"지금 뭐라고 했어?"

우루시바라 씨가 물었지만 나는 고개를 가로저었다.

"아무 말도 안 했어요."

지금 나오 씨의 몸이 불타고 있다. 어떤 사람이라도 재
가 되면 똑같다. 청정한 불길에 휩싸이면서 삶이라는 껍
데기를 벗어버리고 새하얀 재가 되는 것이다. 그곳에는
어떤 슬픔도 어떤 괴로움도 존재하지 않는다. 모든 건 연
기가 되어 하늘로 올라갈 따름이다.

상주와 같이 온 친척은 대기실에서 약 한 시간 동안 나
오 씨가 정화되길 기다리고 있었다.

나와 우루시바라 씨, 사토미 씨는 로비 소파에 앉아 하
늘을 바라보았다.

현대적이고 무기질적인, 교외에 있는 거대한 화장터였
다. 몇 번 온 적이 있지만 이런 마음으로 창밖의 하늘을
바라본 건 처음이었다. 차광 유리로 인해 밝음은 줄어들
었지만 그래도 쏟아지는 햇살을 보며 창문이 이렇게 컸
던가 하고 새삼 깨달았다.

"우루시바라 씨, 애나벨의 꽃말을 아세요?"

갑작스러운 질문에 그는 고개를 살짝 갸웃거렸다.

"수국은 토양에 따라 색이 달라져서, 똑같은 파란색이라도 지역마다 조금씩 다르거든요. 그래서 꽃말도 변덕이라든지 변심이라든지, 좋은 뜻이 아닌 게 많아요."

그는 대꾸하지 않았다. 내 말을 듣는지, 관심이 없어서 듣지 않는지 모르겠다.

"품종이 다른 탓도 있지만 애나벨은 일반 수국과 달리 햇볕이 잘 드는 곳을 좋아하고, 어떤 곳에서도 새하얀 꽃을 피우죠. 그래서 꽃말이 한결같은 사랑이래요. 그밖에도 수국은 쏟아지는 비를 맞고도 조용히 피어 있어서, 인내심 강한 사랑이라는 꽃말도 있어요. 모든 꽃말이 나오 씨와 잘 어울리지 않나요?"

"인내심이 강한 건, 한결같이 나오 씨를 기다린 남편도 마찬가지지."

"네. 두 분에게 딱 어울리는 꽃이에요."

그 말을 끝으로 우리는 입을 다물었고 각자의 생각에 잠겼다.

문상복 차림의 사람들이 천천히 로비 안쪽으로 들어갔다. 또 다른 관이 화장로로 들어간 것이다.

우루시바라 씨가 조용히 말했다.

"반지가 두 개 나오겠군. 불에 타지 않는 건 넣으면 안 된다고 했는데."

조용히 듣고 있던 사토미 씨가 쓸쓸하게 웃었다.

"상관없잖아, 어차피 주울 테니까. 그걸로 상주의 마음속에 있던 응어리도 조금은 풀리지 않겠어?"

고인이 집어삼켜서 몸속에 있던 반지와, 상주가 관에 넣은(남편이 깃들어 있던) 반지다. 결혼 증거인 반지가 한 쌍이 되면서 두 사람은 겨우 만나게 되었다.

두 개의 반지는 아직 열기가 남아 있는 재와 같이 유골함에 들어간다. 그게 아버지가 딸에게 마지막으로 해줄 수 있는 유일한 일이리라.

"아버지도 괴로웠을 거야. 아니, 지금도 괴롭겠지. 결국 딸을 지켜주지 못했으니까."

"아무리 그래도 나오 씨만큼 괴로웠겠어? 살아 있는 자체가 지옥이었을 거야. 마음속에는 항상 남편이 있었으니까." 사토미 씨는 높은 창문을 올려다보며 눈이 부신 듯 가늘게 떴다. "아버지는 반지를 돌려주면 앞으로 두 사람이 같이 있을 수 있다고 생각했을 거야. 참 안됐어. 살아 있을 때는 부부임을 인정받지 못했고, 죽은 뒤에는 같은 무덤에 들어가지 못하고."

고인과 유족 모두에게 후회가 남지 않도록 장례식을

치르자…… 이번 장례식은 그런 우루시바라 씨의 신조에 맞지 않는 부분이 있다. 결과적으로 고인은 남편과 하나가 되어 떠날 수 있지만, 아버지는 딸에게 닥친 비극적 운명을 한탄하고 자신의 행동을 후회하는 마음이 가득할 것이다. 유일한 가족을 잃고 앞으로도 계속 괴로워할 아버지를 생각하니 가슴 한쪽에 묵직한 통증이 느껴졌다.

"두 사람이 다정하게 떠났다고 말해줘야 할까요?"

"그건 안 돼. 가엾긴 하지만 부친은 자존심이 강한 현실주의자야. 우리가 사정을 안다는 걸 알면 이상하게 여기겠지. 사랑했던 외동딸을 병으로 잃었다…… 우리도 그렇게 알고 있는 걸로 끝내는 게 좋아. 지금까지의 경위와 상관없이."

역시 그런가? 작게 한숨을 내쉰 순간, 사토미 씨의 입에서도 작은 한숨이 새어나왔다.

"왜 너까지 그런 표정을 짓는 거야? 이번에는 이걸로 충분해."

"상주가 가장 걱정하는 건 딸에게 일어난 일을 사람들이 아는 거겠죠. 특히 회사 사람들이나 고향분들요."

"바로 그거야. 남자의 허세 같은 거지. 그러니 진실은 각자 자기 가슴속에 묻어두자고."

사토미 씨가 웬일로 반박하지 않아서 옆을 쳐다보니, 어느새 꾸벅꾸벅 졸고 있었다. 오후의 밝은 햇살이 기분 좋게 몸속에 스며들었나 보다. 우루시바라 씨가 그 모습을 보고 가볍게 미소를 지었다.

"그냥 자게 내버려둬. 어젯밤에 추모식이 끝나고 절에 가서 계속 기도했다고 하더군. 두 사람이 같이 편안히 여행을 떠날 수 있도록 해주고 싶었나 봐."

"사토미 씨는 참 좋은 분이군요."

"그래. 지나칠 만큼 착한 데다 울보이기도 하지. 독경하는 도중에 가끔 눈물을 흘려서 형들이 창피하니까 나오지 말라고 할 정도야. 이 녀석의 독경은 상당히 듣기 좋은데 말이야."

그 말을 듣고 놀라서 다시 사토미 씨를 보았다. 어린아이처럼 순수하고 다정한 얼굴이다. 더구나 큰일을 해냈다는 만족감 때문인지, 가볍게 미소를 지으며 편안하게 잠들어 있었다.

"그래서 내가 마음대로 쓸 수 있지."

우루시바라 씨가 소리를 내며 웃었다. 그렇게 크게 웃지는 않았지만 진심으로 즐거워하는 웃음이었다.

에필로그

꿈을 꾸었다.

사방에 온통 벚꽃이 피어 있었다. 활짝 핀 절정의 시기를 지나 이제 막 지기 시작하는 참이었다. 나뭇가지 끝까지 벚꽃이 빼곡히 매달려 있어서 제법 무거워 보였다. 바람이 불 때마다 벚꽃잎이 화려하게 춤을 추면서 허공에 아름다운 무늬를 그렸다. 마치 바람의 움직임이 보이는 듯했다.

나는 강가에 나란히 있는 그 벚나무를 잘 알고 있다. 꿈속인데도 '아아, 또 이 강인가' 하고 머릿속으로 생각했다. 몇 번이나 꾸었던 언니의 꿈에도 이 강이 나오는 일이 많았다.

스미다 강으로 이어지는 똑바로 뻗어 있는 강. 에도시대*에 인공적으로 만든 그 강은 폭이 좁은 데 비해 수량이 많고 갑자기 깊어진다. 스카이트리를 만들면서 정비하는 바람에 모습이 완전히 달라졌지만, 어렸을 때는 친구와 같이 벚나무 밑에서 자주 놀았다.

'미소라, 안 돼. 손을 놓으면.'

당황해하는 할머니의 목소리가 들린다.

'괜찮아.'

어린 소녀의 목소리가 들린다.

'위험해!'

할머니의 날카로운 목소리를 듣고 눈을 떴다.

유족과 미팅을 하러 가는 차 안에서 계속 꿈을 대해 생각했다. 우루시바라 씨에게 말을 해야 하나 계속 망설이면서.

내일부터 8월에 접어든다. 도쿄는 이미 며칠이나 비가

---

* 1603년부터 1867년까지 265년 동안 에도가 정치의 중심이었던 시대.

오지 않았다.

한여름에 어울리지 않는 검은색 정장은 유니폼이라기보다 몸의 일부나 마찬가지였다. 우루시바라 씨와 나는 차 안에서도 윗도리를 입은 채 추울 만큼 차 안의 온도를 낮추었다.

지금 가는 곳은 몬젠나카초였다. 차가 오나기 강에 접어들었을 때, 그에게 꿈 이야기를 하기로 결심했다.

내가 아무리 둔해도 이 꿈은 지금 병원에 있는 할머니를 연상시키기에 충분했다. 할머니는 6월에 검진을 받고 입원한 뒤, 그 이후로 집으로 돌아오지 못하고 있다.

고민이나 비밀을 잘 숨기지 못하는 내가 바로 말하지 않고 망설인 이유는 그의 뛰어난 감이 두려웠기 때문이었다. 그러는 한편 그의 뛰어난 감에 모든 걸 맡기고 싶다는 마음도 있었다. 혼자 머리를 감싸고 고민하는 건 나답지 않다.

운전 중에 특히 과묵한 그에게 말을 걸기 위해서는 나름대로 각오가 필요하다. 개인적인 의논은 하고 싶지 않았지만 가만히 귀를 기울이는 모습을 보고 힘을 얻어 꿈의 내용을 전부 말했다.

"언니는 왜 죽었지?"

나는 차가워진 손끝을 손바닥으로 감싸며 대답했다.

"강에 빠졌다고 들었어요."

"꿈에 나온 강이야?"

"아마 그럴 거예요."

"네가 태어나기 직전이라고 했지?"

"네, 제가 태어나기 전날이었어요. 4월 3일, 벚꽃이 아름답게 피었을 때였대요."

마음이 술렁거리며 안정되지 않았다. 그의 한마디 한마디에 온몸의 신경이 곤두섰다.

"할머니는 어떠셔?"

그는 백미러를 보면서 할머니에 관해 묻더니 갑자기 차선을 바꾸었다.

"계속 병원에 계세요. 심장이 많이 약해져서 잠시도 눈을 뗄 수 없나 봐요. 엄마는 매일 병원에 가시고요."

"걱정이군."

"네."

"어느 병원이지?"

병원 이름을 말하자 그는 고개를 끄덕였다. 직업상 고인을 모시러 가기 위해 병원 영안실에 가는 경우가 적지 않다. 근처에 있는 병원 이름과 장소는 전부 머릿속에 있는 것이다.

"데려다줄게. 오늘은 할머니 곁에 있어주는 게 좋겠어."

예기치 않은 말에 당황해서 옆을 쳐다보자 그는 계속 앞을 바라보고 있을 따름이었다.

"괜찮아요. 일도 있고요. 지금부터 미팅하러 가야 하잖아요?"

내 교육을 맡고 나서, 그는 특수한 장례식이 아니더라도 반도회관의 장례식을 고정적으로 맡고 있다. 요즘은 특히 장례식이 많아서 빈소도 순서를 기다리는 상태였다. 반도회관의 다른 장례 디렉터들도 일이 많아서 내가 빠지면 그를 보조해줄 사람이 없다.

"원래 나 혼자서 하던 일이야. 실제 장례식은 아직도 멀었고."

그는 시선을 똑바로 앞으로 둔 채 말했다.

어느새 좌회전을 했는지, 차는 할머니가 계신 병원을 향하고 있었다.

"괜찮아요. 무슨 일이 있으면 엄마가 연락해줄 테고, 그 저께 병원에 가서 할머니 얼굴을 보고 왔어요. 그냥 일하러 가요."

어떻게든 그의 마음을 돌리려고 했지만 우루시바라 씨

는 고개를 끄덕이지 않았다. 아무리 내가 고집을 부려도 운전대 잡은 사람을 이길 수는 없다. 이대로 있으면 그냥 병원으로 갈 것이다.

"정말 둔한 녀석이군."

그는 답답하다는 표정을 짓더니, 깜빡이등을 켜고 도로 옆에 차를 세웠다. 그러고는 내 눈을 뚫어지게 바라보았다.

"그냥 내 말 들어. 일은 앞으로 얼마든지 하게 해줄 테니까. 하지만 할머니는 한 분뿐이잖아, 너에겐 누구도 대신할 수 없는 소중한 할머니잖아?"

그 말을 듣고 눈이 번쩍 뜨였다.

지금까지 만난 유족들은 하나같이 "그때 좀 더 잘해드릴걸" 하는 후회의 말을 입에 담았다. "훌륭한 장례식으로 마지막 길을 배웅해주셔서 감사합니다"라고 말한 어느 장례식의 상주조차 똑같은 말을 했다.

"……죄송해요. 그리고 배려해주셔서 고마워요."

내 목소리가 마치 아득히 멀리서 들리는 듯했다. 할머니가 집으로 돌아오는 일은 아마 없으리라.

"그저 곁에 있어주기만 해도 돼."

겨우 알아들었다고 생각했는지, 그의 말투가 조금 부드

러워졌다.

"그렇게 할게요……."

그다음에는 서로 아무 말도 하지 않았다. 나는 창밖을 바라보았고, 그도 앞을 쳐다보았다. 평소에는 항상 막히는 도로가 오늘은 어이없을 만큼 순조롭게 흘러갔다.

그는 병원 로터리에서 나를 내려주고 그대로 달려갔다.

매미 울음소리가 시끄럽게 나를 에워쌌다. 강한 햇살을 피해 로비로 들어간 순간, 매미 울음소리는 사람들의 소란스러움으로 바뀌었다. 병실로 들어갈 용기가 나지 않아서, 계산을 기다리는 사람들로 가득한 벤치 끝에 앉았다.

병원의 냉방은 약해서 부채질을 하는 사람이나 손수건으로 땀을 닦는 사람도 있었는데, 차 안에서 몸이 차가워진 나에겐 딱 좋을 정도였다.

병실에 가면 엄마가 있고, 그저께 만났을 때와 거의 다르지 않은 할머니가 있을 것이다. 하지만 내 마음은 그때와 달랐다. 머지않아 할머니를 볼 수 없다는 사실을 깨달았다. 지금 할머니 얼굴을 보면 울음을 터뜨릴지도 모른다. 이런 마음으로 병실에 가면 위로해주기는커녕 오히려 걱정만 끼칠 것이다.

이런 때는 너무 조용한 곳보다 사람들이 북적거리는 이런 곳이 좋다. 불안한 마음이 조금 가라앉았다. 사람들의 말소리와 순서를 알리는 안내 방송까지, 모든 것이 마음 편하게 여겨졌다.

언니는 할머니와 둘이 있을 때 강물에 빠져 죽었다고 한다. 엄마가 나를 낳으려고 입원해 있는 동안, 언니를 맡아줄 사람은 같이 살았던 할머니뿐이었다.

할머니가 툭하면 나를 보며 "넌 언니의 환생이야"라고 말하거나 "네 언니가 곁에 있구나"라고 말씀하셨던 게 생각났다. 그렇게 생각함으로써 나름대로 죄의식을 뿌리치려고 했던 게 아닐까?

할머니가 입원한 이후, 언니는 나를 떠나 할머니 곁에 있었다. 아마 할머니의 마지막 순간을 지켜보려는 것이리라. 언니가 할머니 곁에 있다는 걸 알면서도 계속 그것에서 눈길을 돌렸다. 여전히 겁쟁이인 내 성격을 깨닫고 스스로가 한심스러웠다. 우루시바라 씨가 던진 말이 날카로운 칼날이 되어 가슴을 찔렀다.

나는 마음을 단단히 먹고 일어섰다.

할머니 병실은 6층이다. 나는 6층 엘리베이터에서 내려 심호흡을 한 번 했다.

정면에 간호사실이 있고, 좌우에 나란히 병동이 있다. 동쪽 병동과 서쪽 병동이다.

할머니 병실은 동쪽 병동의 앞쪽에서 두 번째다. 모든 침대에는 커튼이 쳐져 있지만, 몇 번 다닌 덕분에 할머니 침대가 어디인지는 알고 있었다.

커튼을 살며시 들추자 할머니는 금세 알아차리고 함박웃음을 지었다.

"미소라, 왔구나."

"네. 할머니 보고 싶어서 왔어요."

"말만 들어도 기쁘구나."

나는 미소로 대꾸하면서 슬며시 할머니를 살펴보았다.

눈에 익은 얼굴과 자그마한 체구는 그저께와 특별히 다르지 않다. 집에 있었을 때보다 야윈 탓에 전체적으로 쪼그라들고, 연초록색 환자복 때문에 안색도 몹시 하얗게 보였다. 그래도 아직은 확실히 살아 있다. 그것만으로 충분했다.

"일은 어떡하고?"

침대 옆 의자에 앉아 있던 엄마가 연락도 하지 않고 불쑥 나타난 나를 보고 눈을 크게 떴다.

"우루시바라 씨가 할머니 곁에 있어드리라고 하면서 여

기까지 데려다줬어요."

솔직히 말했더니 할머니는 흐뭇한 미소를 지었다.

"좋은 분이구나."

뭔가를 숨기는 듯한 꺼림칙한 기분이 들었지만 거짓말은 아니다.

"갑자기 와서 오늘은 아무것도 없이 왔어요. 죄송해요."

"빈손으로 오는 건 사양이야."

할머니가 장난스럽게 웃었다. 이런 분위기가 오랜만이라서 눈물이 날 것 같았다.

집에서는 항상 이런 분위기였다. 이런 일상이 아득한 옛날 일 같기도 하고, 동시에 얼마 전 일 같기도 했다. 평화로운 일상에 갑자기 찾아온 변화가 내 기억을 마구 휘저어서 이상한 느낌이 들었다.

"엄마, 오늘은 내가 있을 테니까 일찍 가서 쉬세요."

"그럴래? 오늘은 우리 딸 말을 들을까?"

"그래라. 수고 많았다."

엄마를 배웅하고 할머니와 둘이 있게 되자 딱히 할 말도 없고, 무슨 말을 해야 좋을지 알 수 없었다. 병원에 올 때마다 상대가 아무리 할머니라도, 나와 환자 사이에 커다란 괴리감이 있는 듯한 느낌을 받는다. 그런 느낌이 너무나 싫었다.

"오늘은 아침부터 이런저런 검사를 했더니 피곤하구나. 잠깐 눈을 붙여도 될까?"

곤혹스러워하는 내 모습을 눈치챘는지 할머니가 먼저 청했다.

"네, 편히 주무세요."

"옆에 가족이 있으면 안심하고 잠들 수 있거든."

이윽고 조용한 숨소리가 들렸다.

할머니가 잠들자 언니의 기척이 강해진 듯한 느낌이 들었다.

나는 살며시 언니를 불렀다. 대꾸해줄지는 모른다. 하지만 내 목소리는 들릴 것이다.

잠시 기다렸더니 언니가 내 마음속으로 들어오는 감각이 느껴졌다. 나는 천천히 눈을 감았다.

다시 눈을 뜬 순간, 할머니 머리맡에서 어린 언니의 모습이 어렴풋하게 보였다. 침대 옆의 불빛을 받고 슬플 만큼 덧없이 보였다. 지금이라도 빛에 녹아서 사라질 것 같았다. 자신의 죽음을 받아들이고 하늘로 올라가기 전의 히나도 존재감 없이 이렇게 어렴풋했던 게 기억났다.

언니는 나를 보고 희미하게 웃었다. 그 표정이 너무도

쓸쓸해 보여서, 언니를 부른 걸 살짝 후회했다. 언니는 내가 계속 모르는 척하길 바랐던 게 아닐까? 이번에야말로 할머니와 같이 떠날 테니까.

나는 가만히 언니를 바라보았다.

언니는 작은 손을 살며시 들더니, 역시 작고 야윈 할머니의 왼손 위에 겹쳤다.

'내가 할머니 손을 뿌리쳤어.'

언니가 혼잣말처럼 말했다. 그러고는 작은 손으로 할머니의 주름진 손을 사랑스러운 듯 연신 쓰다듬었다.

'할머니는 잘못이 없어.'

"언니는 할머니에게 그 말을 전하고 싶었구나. 그래서 곁에 있었던 거지?"

언니는 고개를 끄덕였다.

겹쳐진 언니의 손에서 할머니의 손바닥이 희미하게 보였다. 사랑하는 할머니에게 닿을 수 없는 언니가 안타까워서, 나는 그 위에 내 손을 겹쳤다. 언니 손을 통과해 나에겐 메마른 할머니 손만이 느껴졌다. 하지만 너무도 따뜻했다.

"할머니 손은 항상 따뜻해."

내 말에 언니는 고개를 끄덕였다.

그렇게 머지않은 날에 언니와 할머니가 다시 손잡을 때가 오리라. 그렇게 생각한 순간, 눈시울이 뜨거워져서 입술을 깨물었다.

"내가 느끼는 언니의 기척도 항상 따뜻했어. 따뜻하고 다정했지."

고개를 든 언니의 표정이 기뻐 보였다.

이미 알고 있다. 머지않아 할머니의 생명은 사라지리라. 언니와 둘이 먼 곳으로 가버린다.

"이번에는 언니도 같이 가?"

나는 알면서도 그렇게 물어볼 수밖에 없었다. 하지만 언니는 계속 미소를 짓기만 했다. 언제나 그랬듯이 어린 얼굴에는 다정하고 자애로운 느낌이 넘치고 있었다. 그 모습을 본 순간, 견딜 수 없이 슬퍼졌다. 언니를 계속 곁에 붙잡아두고 싶었다.

"언니, 내 곁에 있어줘. 앞으로도 계속. 그 강에서 스카이트리가 아름답게 보이지? 둘이 같이 보자."

'봤어. 네가 보는 건 전부 나도 보니까. 즐거웠어.'

"언니……."

나는 말문이 막혔다.

사람을 보내는 일을 하는 사이에 깨달은 게 있다. 죽음은 특별한 게 아니라 나의 가까운 사람에게도 반드시 찾아온다는 걸. 아무리 붙잡고 싶어도 손가락 사이를 스윽 빠져나간다는 걸.

그 순간이 다가왔다면 내 힘으론 어쩔 도리가 없다. 조용히 떠날 수 있게 해주는 것이 사랑했던 할머니를 위해 할 수 있는 유일한 일이다.

"이제 손을 놓으면 안 돼. 할머니의 손을 꼭 잡고 있어야 해."

언니는 한순간 흠칫 놀란 표정을 짓더니, 고개를 크게 끄덕였다. 할머니를 바라보는 언니의 눈길에는 사랑스러움이 넘치고 있었다.

"미소라?"

별안간 할머니 목소리가 들려서 깜짝 놀라 얼굴을 들었다. 어느새 눈물을 흘리고 있어서, 할머니 모르게 황급히 손끝으로 훔치고 억지로 미소를 지었다.

"벌써 깨셨어요?"

할머니는 의아한 표정을 지으며 눈을 깜빡이더니, 고개를 돌려 주변을 돌아보고는 조용하게 웃었다.

"아주 좋은 꿈을 꾸었구나."

"그래요? 어떤 꿈인데요?"

"미도리가 내 옆에 있었어. 너무 가까이 있어서 정말로 옆에 있는 것 같았지."

그러고는 천천히 왼손을 들어 올려 가볍게 쥐었다. 할머니 눈에서 눈물이 한 줄기 흘러내렸다.

"어, 내가 왜 이러지? 이상하구나."

할머니는 잠시 눈을 감고 눈물을 흘렸다. 나는 언니의 마음이 할머니에게 확실하게 닿은 걸 느끼고, 눈물이 멈출 때까지 말없이 할머니의 손을 어루만졌다.

그 순간, 나를 억지로 병원으로 보낸 우루시바라 씨의 마음이 이해가 되었다. 같이 지낼 수 있는 이 순간을 소중히 생각해야 한다는 걸. 지금 이 순간을 사랑해야 한다는 걸⋯⋯.

할머니와 더 얘기하고 싶었다. 이렇게 할머니와 얘기할 수 있을 때, 하고 싶은 말을 전부 해야 한다. 할머니의 온화한 목소리와 다정한 표정을 마음에 새겨야 한다.

"할머니, 언니 얘기를 해주세요."

"아주 사랑스런 애였지. 너하고 많이 닮았단다."

"저도 사랑스럽다는 말씀이네요?"

내가 장난스럽게 말하자 할머니가 미소를 지었다.

"늙은이에게는 어떤 손주도 사랑스러운 법이지."

"너무해요."

"농담이야. 너희 둘 다 정말로 사랑스럽단다."

"할머니, 언니를 만난 적이 있어요, 꿈속에서요."

"어쩌면 가까운 곳에 있었을지도 모르지."

순간적으로 흠칫 놀랐지만 나는 고개를 크게 끄덕이면서 할머니와 마주 보고 웃었다.

"할머니, 저요. 사실은 제가 언니 자리를 빼앗은 게 아닐까 하는 생각을 했어요. 엄마와 아빠는 언니에 대해 말해주지 않잖아요? 저도 물어서는 안 된다고 생각했고, 그 말을 하지 않음으로써 우리 가족이 유지되고 있다고 생각했어요. 하지만 솔직히 말하면 언니 이야기를 더 듣고 싶었어요."

"아니야. 너는 너고, 미도리는 미도리야. 미도리 얘기를 숨길 생각은 없었어. 하지만 네 엄마가 그랬거든. 미도리는 마음속에 묻어두자고. 우리가 미도리에게 집착해서 너희 둘을 비교하면 네가 너무 가엾다고. 그러니 너만을 바라보자고 말이야."

엄마의 마음을 알고 가슴이 뜨거워졌다. 뜨거운 기운이 눈동자에서 흘러넘칠 것 같았다. 가족들은 항상 나를 똑바로 보고 있었다.

"그렇다고 착각하면 안 돼. 미도리를 잊으려고 한 적은 한 번도 없으니까."

"네, 알아요. 부모는 자식 잃은 슬픔을 그렇게 쉽게 잊지 않으니까요."

"그 일을 하는 덕분에 중요한 걸 많이 알았나 보구나." 할머니는 목소리를 낮추며 덧붙였다. "이건 비밀인데, 지금도 엄마와 아빠는 미도리의 기일에 반드시 무덤에 간단다."

나도 느낌으로는 알고 있었다. 매년 4월 3일에는 "엄마 아빠의 데이트야, 둘이 꽃구경하고 올게"라고 하면서 둘이서만 외출했다. 아무리 졸라도 나와 할머니는 데려가지 않았던 것이다.

선물은 항상 초메이지의 벚꽃떡이었다. 벚나무 이파리로 정성껏 감싼 부드러운 떡은 옛날부터 우리 가족이 모두 좋아하는 음식이다. 당연히 불단에도 바쳐서, 그날은 할머니 방이 소금에 절인 벚나무 이파리 향으로 가득 찼다.

"할머니, 내년에는 저도 데려가줬으면 좋겠어요. 할머니도 같이 가요. 가족 모두 같이 가는 거예요."

할머니가 눈을 가늘게 뜨며 대답했다.

"그래, 다 같이 갈 수 있으면 좋겠구나. 너도 이렇게 훌륭하게 자라서, 미도리를 온 마음으로 받아들이고 있으니까."

그러고는 천천히 눈길을 들고 나를 바라보았다.

"그곳에서 할아버지와 미도리가 기다리고 있다고 생각하면 하나도 무섭지 않구나."

"할머니도 참, 그런 말씀을 하시긴 아직 멀었거든요!"

내가 뺨을 부풀리며 부루퉁하게 말하자 할머니는 온화하게 웃었다.

"할머니 나이쯤 되면 항상 그런 마음으로 살아야 해. 이번에는 내가 하늘에서 너를 지켜보마. 이다음에, 오랜 세월이 지난 후에 네가 올 때까지. 그렇게 생각하면 아주 잠깐 헤어지는 게 아닐까 싶구나."

"그렇게 생각하면 외롭지 않을 것 같아요."

"그래. 우리는 항상 같이 있어, 마음속에서는 말이야."

그로부터 한 달이 채 지나기 전에 할머니는 세상을 떠났다.

"이제 얼마 안 남았으니 준비해주십시오."

주치의에게 그런 말을 듣고 나서는 매일 저녁 병원에

들러, 면회 시간이 끝나는 8시까지 할머니 곁에 있었다. 우루시바라 씨가 추모식 일을 하지 않아도 되도록 배려해준 것이다.

병실에 갈 때마다 할머니에게 이런저런 이야기를 했다. 대부분 어린 시절의 즐거운 추억이었다.

마지막 며칠은 할머니가 대답도 할 수 없어서 내 말이 들리는지 안 들리는지도 몰랐지만, 그래도 나는 끊임없이 즐거운 추억을 이야기했다.

혼수상태에 빠지기 전날 밤, 할머니는 "봄이 되면 민들레를 보고 싶구나"라고 혼잣말처럼 중얼거렸다. 물에 빠지기 직전에 강가에 핀 민들레를 발견한 언니는 그걸 따려고 할머니 손을 뿌리치고 뛰어갔다고 한다.

"미도리는 이제 곧 태어날 동생에게 태양처럼 밝은 꽃을 주려고 했단다."

그 말을 들었던 날 눈물이 멈추지 않아서, 나는 해마다 봄이 오면 민들레를 찾았다.

할머니는 가족이 모두 지켜보는 가운데 숨을 거두었다. 맥박과 호흡이 손으로 느낄 수 없을 만큼 약해지더니, 모니터에 나타나는 파형이 계속 아래쪽으로 내려갔다. 나는 할머니의 가늘고 메마른 손을 꼭 잡은 채 수치로 변한 할머니의 생명에서 눈을 뗄 수 없었다. 계속 쳐다보았던 모니터의 파형이 완전히 평평해졌을 때, 나는 조심스럽게 할머니의 얼굴을 보고 안도의 숨을 내쉬었다. 마치 잠들었을 때처럼 평온한 표정이었다.

가셨구나…….

그렇게 생각한 순간, 할머니와 언니 생각이 가슴속에서 솟구쳐 눈물을 참을 수 없었다. 그리고 내 안의 무언가가 눈물과 같이 빠져나온 것처럼 힘이 빠져서 그 자리에 주저앉고 말았다. 나는 깜짝 놀라서 천장을 올려다보았다.

'미소라, 안녕.'

분명히 언니 목소리가 들렸다. 이번에야말로 할머니와 같이 언니도 하늘나라로 떠난 것이다. 그렇게 생각하자 눈물이 끊임없이 쏟아져서, 옆에 있던 엄마에게 매달려 소리 내어 울었다.

'언니, 잘 가. 할머니를 잘 부탁해.'

이렇게 해서 나는 언니와 할머니…… 소중한 두 사람을 한꺼번에 보냈다.

장례식은 물론 반도회관에서 하기로 했다.

아버지 친구인 반도 사장님이 직접 담당하겠다고 했을 때는 깜짝 놀랐지만, 아버지는 정중하게 거절하고 우루시바라 씨에게 부탁했다. 부모님 모두 내 상사인 우루시바라 씨가 좋겠다고 한 것이다.

고인이 우리 할머니일 뿐, 특별한 사연이 있는 건 아니다. '내가 왜?'라고 말할 줄 알았는데, 미팅을 위해 우리 집을 방문한 그는 평소에 일할 때와 똑같이 성실하고 진지한 자세로 임했다.

그는 방에 들어와 불단 앞 이불에 누워 있는 할머니 앞에서 두 손을 모았다. 갑작스럽게 입원하여 몇 달이나 집을 비운 탓에, 할머니를 일단 집으로 모신 것이다.

"할머니 얼굴이 편안해 보이는군."

부모님이 거실로 가고 둘만 있을 때, 우루시바라 씨는 그렇게 말했다. 평소와 똑같은 말투를 들은 순간, 다시 눈물이 흘러내렸다.

"소중한 가족을 잃었어. 이럴 때는 참지 말고 울고 싶은 만큼 울어. 단, 지금뿐이야. 업무에 복귀하면 아무리 슬퍼도 울면 안 돼."

나는 눈물을 흘리면서 고개를 끄덕였다.

그는 불단의 언니 사진을 보고 나서 할머니 얼굴로 시

선을 옮겼다. 다정한 눈길이었다.

"언니는 할머니 곁에 있었어?"

"네."

"같이 간 거야?"

말을 할 수 없어서 고개만 끄덕였다. 눈에서 눈물이 방울방울 흘러내렸다.

"언니 덕분인가? 이렇게 평온한 얼굴은 거의 볼 수 없거든. 사랑스러운 손녀들과 같이 있어서 행복하셨던 것 같아."

"우루시바라 씨."

"왜?"

그는 작은 제단에 가져온 도구를 늘어놓은 뒤, 이불을 바로 하고 드라이아이스를 놓는 등 거침없이 일을 진행했다.

"우루시바라 씨를 만난 것도 언니 덕분이에요."

"그건 그래. 세상에는 신비한 인연이 있으니까."

그렇다. 취직에 실패한 끝에 도착한 곳이 여기다.

"언니는 어떻게 하면 마지막으로 할머니에게 자신의 마음을 전하고, 할머니가 안심하고 떠날 수 있게 할지 계속 생각했을 거예요."

"언니는 너와 달리 공부를 열심히 하는군."

"여전히 상처를 주는 게 특기시네요."

그는 잠시 손을 멈추고 울면서 씁쓸하게 웃는 나를 바라보았다.

"이렇게 말해야 네가 기운을 낸다는 걸 아니까."

그 말에 또 웃음이 나왔다. 그는 영감이 없어도 나보다 훨씬 사람의 마음을 잘 이해한다.

"언니는 내가 알아차리길 바랐을 거예요. 생명이 다해도 쉽게 떠날 수 없는 사람이 있다는 걸. 그리고 그 사람들의 마음을 제대로 이해해줄 수 있는 사람이 있다는 걸."

그는 평소처럼 말없이 내 이야기를 들어주었다.

"저도 앞으로 열심히 공부할게요. 우루시바라 씨가 진행하는 장례식을 많이 보고 싶어요. 예전보다 더 열심히 일할 테니까 계속 밑에서 일하게 해주세요."

그는 '이런 때 그런 말을 할 것까진……' 하는 어이없는 표정을 지었다.

"네가 그렇게 말하지 않아도 계속 부려 먹을 거야. 너는 몰라도 언니한테는 나도 신세를 졌으니까."

"너무해요."

그가 조용히 미소를 지었다.

"넌 지금 모습으로 충분해. 밝음과 둔함이 너의 매력이니까. 그리고 네가 있으면 여러모로 편리하거든."

그의 말을 잠시 곱씹어보았다. 그 말은 곧 지금의 내 모습을 인정해준다는 걸까?

어느새 눈물이 멈추었다.

"난 부모님께 가볼게. 너의 소중한 할머니야. 완벽한 장례식으로 보내드리자."

그가 일어서더니 미소를 지었다. 내가 좋아하는 미소였다.

마음이 따뜻해지면서
슬그머니 눈물을 훔치는 이야기

죽은 이에게는 이승에서의 삶이 끝나고, 저승에서의 삶이 시작되는 곳. 인연을 맺었던 이들에게 자신의 기억을 남기고, 그동안 고마웠던 마음을 전하는 곳. 이 세상에서 겪었던 모든 기쁨과 슬픔, 미련을 가슴에 품은 채 멀리 여행을 떠나야 하는 곳.

산 이에게는 죽은 이를 추억하면서 마지막으로 작별 인사를 하는 곳. 죽은 이의 기억을 가슴에 묻고 어제와 조금은 다르면서도 비슷한 내일이 시작되는 곳. 많은 눈물과 많은 한숨과, 많은 슬픔을 옆으로 밀어내고 새로운 결심을 하게 만드는 곳.

그곳이 바로 장례식장이다.

장례식장에는 수많은 이야기들이 소용돌이치고 있다. 천수를 누리며 행복하게 살다가 가족들의 품에서 조용히 눈을 감은 사람, 갑작스러운 사고로 사랑하는 사람들에게 작별 인사도 못한 채 떠나야 하는 사람, 온몸을 휘감는 고통을 이기지 못해 스스로 삶을 마감한 사람 등등. 고인의 숫자만큼 슬픔이 있고, 고인의 숫자만큼 아픔이 있으며, 고인의 숫자만큼 이야기가 있다.

『머지않아 이별입니다』는 장례식장인 반도회관을 무대로 한 연작 소설이다. 주인공의 이름은 시미즈 미소라. 그녀는 반도회관에서 아르바이트를 하다가 취직을 위해 잠시 쉬고 있는 대학생이다. 졸업이 코앞으로 다가왔지만 아직 직장을 구하지 못해 조바심이 머리끝까지 차올라 있다. 그러던 어느 날, 반도회관에서 다시 아르바이트를 하러 와달라는 전화를 받는다.

그리고 이 작품에는 미소라 이외에도 중요한 인물이 두 명 더 있다.

한 명은 장례 디렉터인 우루시바라. 그의 목표는 산 사람도, 죽은 사람도 모두 만족하는 장례식이다. 뛰어난 관

찰력을 가지고 있는 그는 어떤 문제가 생겨도 장례식을 완벽하게 마무리한다.

또 한 명은 스님인 사토미. 일본의 장례식은 대부분 불교식이라서, 장례식에서는 스님이 불경을 읊어서 죽은 이의 넋을 위로해준다. 그런데 사토미의 역할은 그것만이 아니다…….

이 작품은 미소라와 우루시바라, 사토미가 반도회관에서 일어나는 여러 사건에 대응하면서 죽은 사람은 물론이고 산 사람에게도 위로와 평온함을 안겨주는 이야기다.

나가쓰키 아마네는 이 작품으로 제19회 소학관문고 소설상을 수상하면서 데뷔했다. 1977년 니가타 현에서 태어난 그녀는 어린 시절부터 책 읽기와 글쓰기를 좋아했다. 고향을 떠나 도쿄의 다이쇼대학 문학부에 진학한 이유도 작가가 되기 위해서였다. 대학 시절에 2년간 장례식장에서 아르바이트한 경험이 있는데, 미소라와 마찬가지로 눈이 번쩍 뜨일 만큼 시급이 좋아서였다고 한다.

본격적으로 글을 쓰기 시작한 건 남편의 병이 악화되고 나서였다. 남편을 간병하기 위해서는 정규직이 아니라 파트타임으로밖에 일할 수 없었다. 그때 남편이 잠든 시간을 이용해 조금씩 글을 썼는데, 그것이 앞이 보이지 않는 생활에 유일한 버팀목이 되었다고 한다. 그 이후 남편이 세상을 떠나고, 남편에게 말하고 싶었지만 말하지 못한 것이나 남편에게 듣고 싶었지만 듣지 못한 말 등을 이 작품에 담았다고 한다.

그래서인지 이 작품은 참 따뜻하다. 죽은 이를 바라보는 눈도 따뜻하고, 산 이를 대하는 눈도 따뜻하다. 아마 죽음을 바라보는 작가의 눈이 따뜻하기 때문이리라. 이 작품을 읽으면서 무의식중에 안도의 한숨을 내쉬고, 슬그머니 눈물을 훔치는 사람은 나 혼자만은 아닐 것이다.

장례식장에는 수많은 감정들이 소용돌이치고 있다.

죽은 이는 저세상으로 가기 전에 어떤 생각을 하는가.

남겨진 이는 이별의 슬픔을 어떤 식으로 극복하려고 하는가.

죽음은 특별한 게 아니다. 나의 가장 가까운 사람에게도 반드시 찾아온다. 그럴 때, 나는 어떤 마음으로 죽음을 바라볼 것인가.

2020년 7월

이선희

머지않아 이별입니다

초판 1쇄 2020년 7월 15일
초판 4쇄 2021년 6월 30일

지은이 | 나가쓰키 아마네
옮긴이 | 이선희
펴낸이 | 송영석

주간 | 이혜진
기획편집 | 박신애 · 심슬기 · 최예은
외서기획편집 | 정혜경 · 송하린 · 양한나
디자인 | 박윤정 · 기경란
마케팅 | 이종우 · 김유종 · 한승민
관리 | 송우석 · 황규성 · 전지연 · 채경민

펴낸곳 | (株)해냄출판사
등록번호 | 제10-229호
등록일자 | 1988년 5월 11일(설립일자 | 1983년 6월 24일)

04042 서울시 마포구 잔다리로 30 해냄빌딩 5 · 6층
대표전화 | 326-1600 **팩스** | 326-1624
홈페이지 | www.hainaim.com

ISBN 978-89-6574-944-8

이 도서의 국립중앙도서관 출판예정도서목록(CIP)은 서지정보유통지원시스템 홈페이지
(http://seoji.nl.go.kr)와 국가자료공동목록시스템(http://www.nl.go.kr/kolisnet)에서 이용
하실 수 있습니다.(CIP제어번호: CIP2020020248)